a boa lição

FLÁVIO SANSO

a boa lição

1ª edição

Copyright © 2022 by Flávio Sanso

Grafia conforme o Acordo Ortográfico da Língua Portuguesa

CAPA
Rosana Martinelli

FOTO DE CAPA
Iolanda Rodrigues

PREPARAÇÃO
Renato Potenza Rodrigues

Agradecimento especial a Josevaldo pela mão da capa.

Dados Internacionais de Catalogação na Publicação (CIP) de acordo com ISBD

S229b   Sanso, Flávio
         A boa lição / Flávio Sanso. — São Paulo: Quatro Cantos, 2022.
         184p.; 16 cm x 23 cm.

         ISBN 978-85-88672-23-5

         1. Literatura brasileira. 2. Ficção. 3. Romance histórico.
         4. Escravidão. 5. Brasil. 6. Século XIX. 7. Pintura.
         8. Jean-Baptiste Debret. I. Título.

                                                 CDD-869.8992
2022-XXXXX   CDU-821.134.3(81)

Índice para catálogo sistemático:
1. Literatura brasileira: Ficção   869.8992
2. Literatura brasileira: Ficção   821.134.3(81)
Elaborado por Vagner Rodolfo da Silva — CRB-8/9410

Todos os direitos desta edição reservados em nome de:
RODRIGUES & RODRIGUES EDITORA LTDA. – EPP
Rua Irmã Pia, 422 — Cj. 102
05335-050
São Paulo — SP
Tel (11) 2679-3157
www.editoraquatrocantos.com.br
contato@editoraquatrocantos.com.br

a boa lição

Para Doralice e Ademir

Não tinha nem ideia de que estava fazendo história.
Só estava cansada de me render.
ROSA PARKS

SÃO PAULO, ABRIL DE 2012

Lá vai o carro sem se deixar contemplar. Foi, e outro já o sucede. Pelo tempo de uma piscada, esse outro também passou. O que há no lugar dele é mais um carro que não se deixa contemplar.

O fluxo desembaraçado escoa pela avenida. É hemorragia nunca disposta a estancar, ao menos até quando os carros estejam de tal maneira apinhados que suas rodas, feitas para girar, permaneçam ociosas, privadas do espaço de ir ou vir, reduzidas por muito tempo a sustento de lataria. Aí então quem sabe os motoristas tenham olhos para o redor. Durante a espera, podem até se ocupar com a visão do monumento assentado ao largo da avenida. Até os pés voltarem a afundar o acelerador, há tempo de crescer curiosidade a respeito dos leões em sentinela, dos cavalos e suas volumosas crinas de bronze, das estátuas exibindo pose gloriosa, do desenho geométrico formado pelos degraus da escadaria.

O trânsito se resolve, e então os carros se assanham em querer avançar. É da natureza deles deixarem para trás as paisagens do caminho. No espelho retrovisor, o monumento é imagem cada vez mais diminuída. Que os carros sigam. O monumento ainda estará disponível a quem quiser examiná-lo de perto, a olho nu ou enquadrado na tela do celular, na tela da máquina de fotografia.

Mas quase nunca os passantes e turistas se dão conta de que o monumento vai além da construção erguida aos ares. Parte dele se esconde sob o chão. O caminho embrenhado no subsolo desce até ser interrompido por uma porta. O tanto de espessura serve como aviso: dali ninguém passa. Na fachada, a porta oferece a própria pele de aço para dar forma à coroa imperial cunhada em alto-relevo. O símbolo até teria imponência não fosse o desacato das pichações que o encobrem. Por trás da porta há um mausoléu. Alguns metros lá em cima, as pessoas caminham sobre onde estão os restos de quem foi o primeiro chefe de Estado do país.

Não é uma data que passe em branco. Décadas e décadas desacostumada a servir à passagem, a porta de aço será reaberta. Através dela a visita chegará disposta a desalojar a soberania do silêncio. Ali dentro do mausoléu, o descanso eterno está para ser interrompido.

ATLÂNTICO, 1821

Para onde quer que se direcione a vista, tudo é água. A única paisagem possível é a linha reta do mar que traceja todos os horizontes. Capitão Dionísio conhece a travessia, sabe que pelo mês inteiro não terá visão de nem sequer um punhado de terra firme. A luneta é posta em teste, ainda serve para triplicar tamanhos. É quando uma voz sobe desde o convés até a cabine de comando.

— Capitão, capitão. Eles não param de resmungar.

— O que querem? — impacienta-se o capitão.

— Não há como decifrar tanto jeito estranho de falar. É uma babel com ruído que não se aguenta mais.

Sem desfazer a pontaria da luneta, o capitão grita lá de cima:

— O sol já vai ao centro do céu, devem estar com fome, joguem-lhes o milho.

A abertura do porão deixa ver a centena de olhos se acenderem. É ocasião em que o agitar das correntes aumenta, vai do rumor ao assombro. As bacias de milho são largadas na baixa altura dos pés descalços. Aos próprios prisioneiros cabe solucionar prioridades. O rateio começa pelas crianças, passa pelas mulheres e chega até os doentes. Depois, a sobra é de quem pegar se puder. Enfim, as migalhas escapulidas são recolhidas do chão sem demora. A imundície não é páreo para as urgências da fome.

Zinga não está ocupado em competir pelo sustento. No fundo do porão, esprime o corpo sobre o desconforto da prateleira de madeira lascada. É o mais próximo que pode chegar à sensação de estar deitado. Ele assiste ao alvoroço sem construir careta de susto. O que lhe acumula de indignação está escondido, não dá as caras nem para alterar aparência. Zinga confere seu anel de marfim e deixa escapar um sorriso improvável, é um sorriso que dura só o tempo de um relâmpago, afinal ali é lugar onde sorrisos são como ofensas. Depois, retira devagar o anel do dedo e o levanta bem alto de maneira a fortalecer veneração. O anel desce ao dedo num encaixar sem resistência. Encaixa, gira, sai, encaixa, gira, sai, a brincadeira vai assim se demorando. Entre dedo e anel há uma frouxidão recente. Já são dois dias sem trazer à boca qualquer alimento. Mais que o desinteresse pela comida indigesta, a falta de alimento é parte de um plano. O anel agora sossega quieto no dedo. Num ímpeto, Zinga se levanta e começa a falar com os mais próximos.

— Alguém aqui fala a minha língua?

O burburinho de gente amontoada atrapalha a comunicação, e Zinga se põe a repetir a mesma pergunta com voz que decola, levanta voo até ser grito. Um homem se movimenta até onde as amarras de ferro o permitem se aproximar. A magreza que carrega é menos pela fome e mais por causa da própria constituição natural. Taú não tem comido com gosto, mas come o tanto que consegue arranjar.

— Até que o quicongo não me é estranho. Se você não apressar muito as palavras, podemos fazer entendimento.

Ajustando a fala ao ritmo soletrado, Zinga diz:

— Tem mesmo cara de rebolo. Sou também capaz de entender seu quimbundo. Nossas línguas são parecidas e isso já é lá um começo.

A conversa, mesmo ainda mínima, devolve aos interlocutores um tanto de humanidade. Os dois são os únicos a tramar assunto, todo o resto está prostrado pelo calor, pela indigestão, pela febre, pelo desânimo, pela fraqueza, pela desesperança. Zinga estende um dos braços, fazendo ruir a corrente. De tudo o que vê, logo se destacam cenas que atraem o apontar do dedo: a criança desmilinguida no colo da mãe, o homem desmaiado cujo rosto se ensopa numa poça de vômito, os baldes em cujas bordas chegam o acúmulo de merda ainda não atirada ao mar, o rato ziguezagueando apressado entre o cipoal de pernas.

— Está vendo? Como nós, que somos maioria, deixamos nos reduzirem a muito menos que bichos pestilentos? Olhe, não perca de vista aquilo... — Nesse momento, Zinga mira o dedo indicador na direção de dois homens engalfinhados na disputa por um resto de milho. — ... Não há onde caber o tanto de crueldade. Tamanha humilhação reclama sem demora alguma nossa atitude.

Taú não parece persuadido. Dele a resignação é coisa que não desgruda:

— Mas o que haveremos de fazer se as malditas correntes deixam nossos braços e pernas sem serventia para a reação? Além disso, cada homem que nos tem como prisioneiros carrega consigo algum tipo de arma, são carabinas e garruchas prontas para despejar chumbo na fuça de quem quiser ser atrevido.

Zinga encara Taú sem se deixar abater. O que guarda na cabeça é irrevogável.

— Tenho um plano.

Zinga faz o anúncio ao tempo em que levanta as mãos acorrentadas até o rosto na tentativa de enxugar parte do suor que já se derrama pelo pescoço em gotas fluidas. O gesto é o mesmo que nada, o calor entranhado no porão trata de repor imediatamente a umidade da pele.

— Plano? Plano por aqui só mesmo o de tentar sobreviver pelo próximo minuto — desdenha Taú.

— Já reparou no homem que todos os dias nos tem descido a comida? — Zinga não espera a resposta e continua: — Pois bem, de quando em quando as roupas dele vêm cheirando a vinho, esse beberrão ter a gola da camisa babada é coisa que acontece de semana em semana, às vezes não só a gola, as mangas e a área da camisa que cobre o barrigão também vêm manchadas.

— O que isso importa? Há quem beba, há quem sofra — balbucia Taú enquanto confere a paisagem de caos.

— Pense bem, o homem lambuzado a vinho é apenas parte do todo. Lá em cima os outros também despejam garrafa pela goela nas noites de festa...

Taú interrompe: — Crápulas, filhos sem mãe, como conseguem festejar pisando os pés bem em cima de onde a desgraça aterroriza a tantos!?

Mãos abertas, Zinga pede calma. O que tem a dizer agora requer ouvidos concentrados.

— De todas as vezes que o sujeito desce até aqui, é exatamente de sete em sete dias que ele se apresenta bagunçado pela bebida. Tenho feito bem as contas e, seguindo assim, o certo é que depois de amanhã será dia de ressaca. Pois então, isso quer dizer que amanhã, amanhã à noite, haverá festa. A festa, aí é que vai o único caminho para nossa reação.

Taú balança a cabeça em sinal negativo e diz:

— Então espera que eles nos enviem convites?

Ela vem e é como se Zinga se desviasse dela, faz que não ouve a ironia, prossegue agora pronunciando capricosamente cada palavra, afinal é hora de evitar que os fios da compreensão se enrosquem.

— Quando a noite estiver alta, subiremos para fora do porão, o caminho estará livre, será noite de festa e ninguém terá lembrança de vigiar os miseráveis presos pelas correntes, todos os nossos opressores estarão agarrados aos tonéis de vinho lá na popa, e de lá de trás não terão noção do nosso deslocamento. Aliás, nem todos estarão em farra, o capitão, ou quem fará as vezes dele, estará onde a função o exige, porque sem direção isto aqui se perde e não se acha mais no meio de todo este mar. Pois então vamos até o capitão, estará distraído com a navegação e isso será ajuda para tomarmos de assalto a cabine de comando, vamos nos apropriar de todas as armas que ele estiver portando ou qualquer outra disponível ao redor, faremos sequestro, desceremos o capitão e o levaremos para a popa e lá, em frente à folia, lançaremos ameaças, exigiremos dos tripulantes, certamente já embriagados, que nos entreguem as armas, que nos joguem todas as chaves das correntes, caso contrário mataremos o capitão, será o teor da nossa ameaça, vão nos obedecer, sem o capitão este tumbeiro é corpo sem cabeça, nenhum daqueles marinheiros estúpidos se imagina sem um líder, são meros soldados que precisam de quem lhes dite o que fazer. Por fim, iremos ao porão e espalharemos a liberdade, seremos larga maioria, reverteremos a desvantagem e ordenaremos que nos levem de volta à nossa terra.

O silêncio de assimilação dura até quando Taú inicia um comentário.

— Eis aí teu plano — Taú acentua a expressão de desânimo. E prossegue: — É impossível tanto detalhe se encaixar na conformidade que a tua imaginação preparou, essa ideia é uma casa bamba, é só ruir um único tijolo e tudo desaba chão abaixo.

No rosto não sobrou nada do comedimento com o qual Zinga esmiuçou as etapas da sua intenção. A voz, escapulindo entre dentes, agora solta desespero:

— Não me importa se o plano vai sair assim mesmo todo remendado, não me importa se ao final tudo se estraga, o que me dá nos nervos é não fazer nada que compense a malvadeza, o que me dá nos nervos é sempre carregar a cabeça curvada para baixo.

Taú respira fundo, fazendo escapar o ar num sopro barulhento.

— Diga, quantos homens farão o contra-ataque?

— Por enquanto sou só um, se vier comigo já seremos dois — respondeu Zinga desconcertado.

A mão acorrentada vai à cabeça, Taú tem no rosto uma careta de reprovação.

— Use o bom juízo e desista.

Zinga olha para o amontoado de gente, volta a encarar Taú e diz:

— Já é coisa decidida, se a coragem é pouca, se ela te falta, deixe que me arranjo sozinho.

Intencionado ou não, Zinga acertou a medida da provocação porque agora Taú pondera já por muitos segundos.

— Como faremos se já de início temos as mãos impedidas?

Zinga responde rápido, nisso vem pensando há muito tempo:

— A partir de agora evite comer, e se comer coma só o tanto que te mantenha em pé.

Os que estão no porão viajam abaixo da linha d'água. A qualquer momento o piso pode afrouxar e aí todos afundam e se afogam, é o que muito comumente tem acontecido nesse tipo de travessia, mas agora ao que parece o casco é feito de boa madeira. Justamente a madeira é o único limite entre os viajantes do porão e o abismo de profundidade que desce sem medida. Quem dorme com a cabeça próxima ao assoalho talvez nem se dê conta de que bem abaixo do seu corpo povoam baleias, tubarões, peixes abissais, há logo ali embaixo a garganta enorme do mar, sempre pronta para engolir embarcações quase do mesmo jeito como a boca faz com um grão de ervilha. A lua é cheia, nem por isso existe claridade que escolte o caminho, lá no alto a cortina de nuvens não deixa escapar o menor filete de brilho, esta é uma noite que usa a própria escuridão para se esconder. O pescoço vai girando devagar, as pálpebras cheias de peso não se aguentam erguidas, mas os olhos resistem, lutam e fazem ronda, ao redor se espalham gemidos, roncos, gritos de pesadelo. Zinga evita o espalhafato, movimenta-se com capricho, é um cuidado sem utilidade, afinal o balanço do mar já disseminou por ali costume de incômodo, de barulho, de chacoalho permanente. As duas mãos empurram a argola pelo tornozelo, o ferro roça a pele já quase a ponto de esfolá-la, é assim no pé direito, no pé esquerdo, no pulso direito, até aí se achava alguma frouxidão, mas agora que se chega ao pulso esquerdo uma resistência impossível se impõe, e a argola não avança mais, está emperrada de um jeito que só o desmanche dos ossos parece dar solução. Zinga se descontrola, não podia imaginar um imprevisto tão precoce. A mão direita empurra a argola com força de desespero. Da pele vai brotando o escorrer de suor que logo se espalha pelo contorno metálico. O deslize começa lento, avança quase imperceptível pelo trajeto angustiante que passa pelo pulso e vai até a mão espremida. Enfim um grito de parto, a expulsão da argola tem velocidade de disparo. Se neste instante a luz fizesse passeio por ali, então uma cor viva estaria em destaque, é o caldo vermelho saído das ranhuras deixadas na pele. Enquanto recobra o fôlego, Zinga faz busca e logo se depara com o contorno de um vulto. Já desvencilhado das correntes, Taú está pronto há mais tempo. Os dois se juntam sem revisar o combinado, trocam acenos quase imperceptíveis, são simultâneos ao olharem para cima, estão posicionados abaixo do único ponto em que o teto se interrompe num acesso retangular, olham-se através do escuro e passam a usar um ao outro como trampolim, como guincho. Uma rajada fria e úmida lhes recepciona, faz tempo não experimentam o vento. Agora que subiram para fora, tratam de sorver o tanto de ar que inflem os pulmões ao máximo. É como se estivessem reaprendendo a respirar.

As risadas e o tilintar de garrafas reverberam desde a outra extremidade, é ocasião em que ninguém pensa em supervisionar a normalidade das coisas, aí está o sinal de que o plano começa acertado. Zinga e Taú equilibram-se pelo convés contornando rolos gigantes de corda, passam pela âncora, ela adormece num canto e quando acordar não se sabe se servirá para ser mergulhada até o fundo do mar ou se, espécie de tridente avantajado, municiará a mão do netuno diabólico que talvez esteja conduzindo do seu posto invisível as sortes deste tumbeiro. E os dois param. Por dentro é certo que explode o calor da apreensão, mas lá por baixo a madeira úmida faz o frio invadir as plantas dos pés. Estão muito próximos da cabine de comando, uma escada de quase nenhuma estatura os separa do comandante que nesta altura da madrugada não deve estar no melhor dos seus ânimos, pode ser que a sonolência também traga algum benefício ao plano. A partir de agora o avanço não mais admite recuo, e tamanha é a gravidade do momento que Zinga busca no olhar de Taú algum sinal de cumplicidade, sem saber ainda que, ao se olharem por entre o embaçado da neblina, os dois terão construído uma despedida.

Zinga se prepara para escalar os degraus, e é aí que Taú começa a berrar, e também assobia, uiva, grita palavras que são sinalizadores. Pela cabeça de Zinga surge a dúvida sobre se aquilo é mesmo realidade ou se talvez a fraqueza do corpo esteja lhe impondo vertigens. Resta-lhe uma paralisia invencível, não sabe o que fazer, e na falta de qualquer outra atitude, leva o dedo indicador para a frente da boca, um gesto miserável, ridículo, agora o silêncio é inútil, não se devolve a flecha atirada ao arco, ali então está um homem humilhado pelas reviravoltas impossíveis ao seu controle.

Mau sinal que o convés esteja se enchendo de luz. A luz, quem diria, substância heroica, dissipadora de escuridões, agora faz as vezes de vilã. O clarão das tochas incide contra o rosto de Zinga, os olhos, por instinto, quase se fecham, as mãos, também por instinto, armam-se querendo ser escudo que dê conta do ataque luzidio. É como se um enxame de abelhas tivesse sido provocado, os tripulantes vieram rápido, estão dispostos em círculo, rodeiam um homem acuado. Enquanto percebe ser o centro das atenções, Zinga organiza o pensamento, se já era prisioneiro, passa a ser prisioneiro redobrado. Vai assimilando sobre ter sofrido traição e é por isso que vasculha entre as brechas dos clarões, quer confrontar seu traidor e lhe mostrar imagem da cara mais raivosa que conseguir expressar, algo que possa dizer sem palavras que, não houvesse ali quem o impedisse, pularia para cima dele com intenção de fazer estrago. Os tripulantes há algum tempo montam guarda em volta de Zinga, só o que fizeram até agora é servir de cela viva. Quem eles aguardam está descendo as escadas. Capitão Dionísio se aproxima de Zinga empunhando uma garrucha, veio prevenido porque um prisioneiro desvencilhado dos grilhões é como fera desnorteada que não dá aviso de quando pode atacar. Capitão Dionísio grita um nome, o que faz surgir por detrás da linha de tripulantes a figura de Taú. Zinga fecha os punhos e planeja alguma medida de desforra, mas recua de imediato ao notar ali uma grande consonância, beirando a camaradagem. É que Capitão Dionísio está dividido em dois: o homem fazendo ameaça de atirar é ao mesmo tempo o homem que agradece e difunde homenagem. Taú sorri encabulado, não tem muito traquejo para lidar com elogios, o fato é que ninguém poderá desmerecer aquele reconhecimento, afinal já é a terceira viagem em que Taú, infiltrado entre os prisioneiros, consegue debelar insurreição. Zinga está certo, caso tente agredir tarefeiro tão valioso, terá que se ver com tiros de contenção e por causa disso talvez fique estropiado ou, a depender da mira, morra ali mesmo de uma vez. Nem uma nem outra, não são coisas que Zinga queira experimentar, se não tem competido a ele o controle sobre a duração de sua vida, ao menos quer esticá-la pelo máximo que puder. Dominada a situação, Capitão Dionísio abaixa a arma devagar, é hora de voltar a dar rumo ao tumbeiro. Antes de voltar à cabine de comando, deixa uma recomendação:

— Machuquem, mas nem tanto. Este aqui é um dos que renderá melhor venda.

Começa como uma daquelas brincadeiras que as crianças fazem muito normalmente. Ao redor de Zinga, os tripulantes o empurram, uns contra os outros, fazem dele joguete amolengado, objeto de recreação singela, até que alguém, entediado com o rumo insosso do castigo, inaugura um soco. Os outros fazem igual e descobrem boa maneira de aliviar os nervos acumulados durante a viagem. As tochas vão se apagando, seja para a melhor desocupação das mãos, seja porque há ações mais apropriadas na escuridão. Tem-se agora uma surra. Por duas ou três vezes Zinga tenta reação, e isso só piora a intensidade dos socos, dos tapas, dos pontapés que o derrubam na madeira umedecida, e quando ele cai nem por isso se vê intervalo, Zinga continua apanhando, sendo preciso levantar-se de algum jeito para não ter as costelas desmontadas. Ele está de pé novamente, consegue desviar de um soco que, sorte dele, vem a toda potência e se perde no nada, mas aí vem outro de uma direção impossível de adivinhar, acertando em cheio a região da têmpora. Zinga rodopia em volta de si, os braços giram soltos, velozes, por causa disso o anel se desprende do dedo e decola alto. De imediato, Zinga se dá conta do que para ele é uma mutilação e, desde quando parte dele lhe faz tamanha falta, as agressões passam à indiferença, tudo o mais em volta é suspenso, perde existência, os olhos se esbugalham de desespero, vasculham o trajeto provável, anseiam ver o anel ocupar espaço no vazio da escuridão. Lá está ele, brilha na maior altura que pôde alcançar, e então uma lástima irreversível: a gravidade lhe impõe a queda para fora do tumbeiro. Zinga vai correndo, abre caminho entre braços estendidos como obstáculos, agora é ele quem empurra os que atravancam a passagem, é agarrado, debate-se, liberta-se. O rolo de corda lhe serve de escada para alcançar a lateral do tumbeiro. Ali, fica imóvel por um instante, é um tempo muito curto para saber se está intimidado ou se contempla, ao menos de relance, a imensidão de água onde está prestes a se jogar.

— Homem ao mar, homem ao mar.

Descanso interrompido, má surpresa ainda haver sobra de tumulto nesta madrugada. Capitão Dionísio vem trazendo semblante de aborrecimento, corre até a beirada do tumbeiro e se junta aos tripulantes na busca por algum sinal de sobrevivência. O mar começa a se agitar como se insatisfeito com a presença do corpo estranho. Segue-se um ataque de nervos, Capitão Dionísio se impacienta e esbraveja:

— O infeliz só o que sabe é inventar problema. Está bem assim, se quer bancar o insubmisso, então deixem que o mar dê conta dele.

A rapidez do pensamento é uma dessas coisas sem boa explicação. Mal terminou a fala e Capitão Dionísio já pensa diferente. Ele então destaca um dos marinheiros e pergunta:

— Quantas baixas temos até agora?

— Sem contar o fujão, chegamos a vinte e oito, capitão.

— Raios! Se passarmos de trinta não recebemos o valor a mais. — Em seguida, Capitão Dionísio faz outra consulta: — Quanto é mesmo nossa maior marca?

— Trinta e três. Foi na incursão às Antilhas.

Às vezes, o homem do presente tem no homem do passado seu maior competidor. O que está em jogo é muito mais que a bonificação e a reputação de transportador preferido dos comerciantes muito bem-sucedidos em vender a mercadoria trancafiada no porão do tumbeiro. Em sua experimentada carreira de navegador, Capitão Dionísio não admite desempenho piorado.

— Acendam as tochas e joguem a corda de resgate — ordena Capitão Dionísio, exigindo pressa. É mesmo preciso rapidez, porque o vento começa a soprar forte, e o tumbeiro não é de se demorar à espera de alguém.

A escuridão está em tudo. Não importa se os olhos se fecham apertados ou se abrem arregalados, a escuridão continua em tudo. Zinga vai afundando sem saber sobre orientação, sem controle sobre para onde as águas o têm carregado, se nada acontecer é certo que se afogue em pouco tempo, vai descer desacordado para dentro do silêncio cada vez mais agressivo. Antes disso, porém, um brilho acontece, interrompe o escuro, é uma dessas surpresas de hora conveniente. Zinga se apressa em nadar até o ponto luminoso, resgata o anel e começa a subir atabalhoado. A água espirra com força. Quando emerge, Zinga abre a boca ao máximo para fazer funcionar o fôlego, tem fome de querer engolir muito ar. Respira fundo, respira rápido, percebe estar no fim das forças, prolongar tanta agitação não é mesmo possível a alguém que mal tem comido, mal tem dormido e, ainda há pouco, mal respirava. Zinga é cuidadoso ao devolver o anel ao dedo, faz como se casasse com ele mesmo. Depois disso está pronto para se deixar afundar de vez, essa é a única maneira de ter decisão sobre o destino da própria vida. Abandona-se, então, ao domínio do cansaço que vai se encarregar de resolver a questão. Quando só meio rosto sobra para cima da superfície, Zinga enxerga uma cena embaçada, pontos de fogo se agitam na direção em que o contorno do tumbeiro vai se afastando devagar, é de onde vêm os gritos a quererem lhe guiar a atenção. O que chega boiando bem poderia ser algum tipo de serpente de calibre enorme, saracoteia, sobe e desce ao sabor da ondulação, mas de muito próximo aquilo não é mais que uma corda de resgate, que desgraça, este é mesmo um pobre homem que não pode nem sequer ter paz na decisão de ser sepultado pelo mar, porque agora a convicção não é a mesma, já se alastra no pensamento a possibilidade de descobrir onde é que aquela vida, se esticada, pode dar. Zinga levanta a cabeça, quer encontrar no céu alguma estrela que lhe possa dar sinais, lá em cima não há brilho disponível a recomendações, é noite apagada, nada lhe inspira escolha no mundaréu de mar que o cerca, ele tira o braço da água, observa com demora o anel, mas é bom que não se demore tanto, vem vindo um vento frio que exige pressa, essa bifurcação entre viver e morrer é um dilema tormentoso, saber qual desses dois verbos sairá vencedor depende do ato de segurar ou não a corda.

*

Por muitos dias o tumbeiro percorreu o interior de tempestades, as ondas pareciam ter mãos gigantescas que o sacodiam com raiva, mas já é hora de experimentar a bonança, ele agora está singrando por águas mansas, faz tempo bom de um jeito que a distância do horizonte está ao alcance de averiguação. Um grito ecoa lá de cima, a tripulação conhece bem aquele timbre, é razão para desencadear comemorações, alguns se abraçam, outros se recolhem a um canto e urram de alívio. Nessas grandes travessias não há melhor sensação do que, depois de muito tempo, avistar o sobrevoo das aves, elas trazem aviso de que vem aí pela frente algum pedaço de terra, que sejam ilhas ou arquipélagos, o certo é que o continente não demora a ser revelado. Capitão Dionísio tem na mira da luneta um bando de fragatas, elas não precisam bater asas, basta esticá-las e o vento se encarrega do resto, é um deslumbre todos aqueles corpos desenhados para planar. Capitão Dionísio grita a notícia por uma vez, por duas vezes e só. Por fora, mantém-se indiferente, contem-se, não convém afrouxar o rigor da postura de comando, não vai arriscar a reputação que lhe é cara, mas por dentro a coisa é outra, o coração está aos pulos de euforia, há muitas gargalhadas secretas, por mais que tenha acumulado experiência, é como se pela primeira vez constatasse que acertou os cálculos da navegação.

É nesta altura da viagem que Capitão Dionísio costuma aumentar a boa vontade, fez subir até a cabine de comando um marujo noviço a quem agora aplica lições sobre a paisagem.

— Nunca esteve tão ao ocidente, não é garoto? — Depois de ouvir a confirmação, Capitão Dionísio estica o braço, aponta o dedo e prossegue: — Olhe, lá está a famosa montanha de pedra, parece ter sido esculpida, veja se não tem mesmo o formato daqueles cones que servem para moldar o açúcar.

O jovem marujo faz da mão cobertura para proteger os olhos, o sol já lhe tem manchado quase toda a pele do rosto e se há partes sem manchas é porque foram ocupadas por áreas descascadas.

— Capitão, nunca vi lugar onde se misturam tantos atrativos aos olhos, há de tudo: montanhas recortadas, aves coloridas, matas, praias, lá pra dentro não duvido estarem escondidas lagoas, cachoeiras, frutas estranhas.

— Sim, é isso — concorda Capitão Dionísio para depois, com careta no rosto, divagar: — Só não sei no que vai dar essa cidade, já é o quarto ou o quinto carregamento que trago para cá, a continuar isso de apinharem aqui tantos e tantos cativos, será impossível mantê-los na rédea, e quando então se libertarem vai ser caso de guerra, ou de penúria, ou dos dois juntos.

Capitão Dionísio olha para o jovem marujo com expressão de quem vai mudar de assunto.

— Junte-se aos outros e os avise que é hora de preparar o atracamento.

Quando já descendo para o convés, o marujo é ainda alcançado por mais uma reflexão:

— Vê como essas coisas são, a contagem para o fim da viagem já durou meses, durou dias e agora está por minutos.

Nem sequer uma greta, uma rachadura na madeira por onde se possa ter variedade do que se enxerga, lá embaixo no porão os confinados não têm vista para a paisagem, não veem a montanha de pedra se aproximar, ela que é o pórtico natural da cidade e assim bem de perto exibe altura intimidadora a querer dizer aos homens como eles são baixos. Capitão Dionísio conduz o tumbeiro para dentro da baía, está atento, nem agora descuida da navegação porque sabe que muitos naufrágios se dão perto da chegada, ele mesmo foi quase a pique certa vez quando prestes a aportar na costa da Guiné. Era ocasião em que o mastro estava partido e as velas se reduziam a farrapos por causa do desgaste da viagem. Mas desta vez o tumbeiro vai vencendo as águas com confiança, ao que parece a aproximação é invencível. Capitão Dionísio contorna a margem esquerda da baía, nela há ocupação de muitas novas construções que não existiam na última vez em que esteve aqui. Enquanto testemunha a expansão da cidade, ele diz para si mesmo: *De novo cá estou em São Sebastião.*

Um baque violento sacoleja os prisioneiros, muitos são jogados para cima dos outros, tem-se um embolado de gente, de correntes, os que estão de pé vão ao chão como se empurrados, mas não se vê no semblante de cada um deles o menor sinal de susto, em parte porque nada há de incomum nessas ondas maiores, já se foram milhares delas por debaixo do tumbeiro, em parte porque se o susto é reação de quem teme pela vida e se a vida que se tem levado neste lugar não tem valido tanta coisa, é consequência espalhar-se a indiferença a ponto de estarem todos desanimados de viver. Num canto do porão, alguém está imune a ser joguete dos solavancos. As correntes, além da função original de atarem mãos e pés, também foram grudadas firme na parede interna de madeira. E se antes elas se prendiam a quatro argolas, duas para os pés, duas para as mãos, agora já são cinco, a quinta envolve o pescoço, e a única chave que a pode abrir está bem guardada na posse do Capitão Dionísio. Largado no mais denso dos tons de escuro, Zinga limita-se a movimentos muito curtos, depende que algum voluntário venha vez ou outra lhe trazer restos de comida, tem passado boa parte do tempo entre dormir e despertar, não lhe sobra mesmo mais o que possa fazer. Num desses períodos de sonolência, abre os olhos com esforço, sente dores, náuseas, não é possível sequer espreguiçar. Surpreende-se com alguém sentado perto dele, nunca havia reparado aquela figura de costelas pronunciadas, de barba esbranquiçada e crescida até a altura do peito.

— Fala a minha língua? — pergunta Zinga, querendo desbravar uma conversa.

— Falo — responde o velho. — E falo mais tantas outras — a suavidade da voz é incompatível com o ambiente, algum ouvinte de olhos tapados se iludiria e pensaria ter ouvido palavras vindas de lugar de conforto.

— Com essa idade toda, como é que sobrevive à viagem? — pergunta Zinga.

Antes de responder, o velho solta uma risada que fica escondida atrás do emaranhado de pelos.

— Não é que eu tenha sobrevivido, o caso é que a morte não se interessa em me buscar.

Zinga volta a dormir, a falta de luz não deixa saber se aquilo é sono do dia ou sono da noite. Não demora e muitos vultos estão invadindo o porão, o sonho se torna pesadelo quando eles se aproximam e revelam ter corpo de gente e cabeça de leão faminto. As criaturas assombrosas, mais de dez, avançam até onde Zinga está acorrentado, fazem cerco, querem lhe tomar o anel. Zinga acorda num ataque de pavor, está açodado a querer conferir a mão, só sossega quando constata o anel enfiado no dedo. O velho permanece sereno, não reage à agitação que se passa ali ao lado. Enquanto se acomoda entre o enrosco das correntes, Zinga fixa a atenção no semblante do velho, isso funciona como um chamado, o velho se vira e por um momento os dois se encaram em silêncio, os olhares defrontados começam a conversa muito antes das palavras.

— Onde está o sentido disso tudo? — Zinga faz a pergunta enquanto os olhos percorrem devagar o cenário de gente amontoada. É uma daquelas perguntas feitas para vagar sem resposta, mas mesmo assim o velho arruma jeito de deixar ensinamento.

— Se ele não existe, se não há meios de conseguir que apareça, pode ser que você mesmo invente algum.

Testa franzida, olhar compenetrado, Zinga está tentando decifrar as palavras do velho. Em certo momento, retira o anel do dedo, as correntes se entrelaçam e fazem o barulho de sempre, nesta altura elas são quase partes do corpo. Depois Zinga pousa o anel na palma da mão, o dedo indicador vai contornando toda a circunferência, vai repetindo voltas e mais voltas, muitas voltas. Zinga não descuida da carícia nem durante a pergunta que o pensamento faz expulsar.

— Por acaso sabe alguma coisa do lugar para onde nos carregam?

— Sei — afirma o velho. — Nesses tantos caminhos que o sol percorre, ele leva consigo um brilho que tem a raridade das coisas fascinantes, um tipo de dourado para realçar paisagens, não é sempre que lança mão dele, parece que o esconde na maior parte do tempo, guarda para usar na hora certa. Pois bem, é um dourado que o sol só despeja nesse lugar para onde vamos.

— E o que isso importa se sem liberdade é como se fôssemos cegos — protesta Zinga.

Isso é dito sem comedimento, as palavras saem em gritos afiados, mas a rispidez não arranca do velho reação que não um sorriso brando, aquilo é coisa à toa, releva-se, de mais a mais Zinga é alguém que, entre outros infortúnios, tem o pescoço atado a uma corrente, se vez ou outra não puder deixar vazar algum rompante aí é possível que todas as veias do corpo arrebentem por força de aflição acumulada. Zinga encerra o afago, leva o anel ao encaixe do dedo, apruma o corpo tanto quanto pode para ficar quase sentado, tudo isso é feito com movimentos delicados como se para não afugentar um pensamento ainda estacionado na cabeça. Olhos resolvidos, Zinga encara novamente o velho, vai fazer uma pergunta grave.

— Já aprendi que há sempre quem esteja dando e recebendo ordens, é assim até subir a alguém que nunca as recebe, só o que faz é espalhar ordens a todos. A terra favorita do sol deve lá ter um comandante, acha que consigo arranjar encontro com essa pessoa?

— Isso é coisa que só vivendo pra ver — afirma sucintamente o velho, que repete a frase mais algumas vezes, cada vez mais baixo, passa pelo sussurro e chega até o silêncio.

Zinga também se aquieta, mantém-se imóvel, recolhe-se à posição de observador, dali onde está alcança o panorama inteiro, a visão se empenha em vencer a penumbra para distinguir se os homens deitados no piso estão em estado de prostração ou se são mesmo cadáveres à espera de serem retirados, por ali não é raro demorar-se o desleixo da administração. A Zinga ocorre a ideia de fazer contagem, chega ao centésimo prisioneiro e mais um pouco depois se embaralha, retoma do zero, volta a perder a conta e então desiste, a precisão dos números é dispensável para o testemunho de que são vários, inconcebivelmente muitos. Zinga está fechado numa redoma de concentração, vai pensando, é o que mais tem feito nas últimas horas. No meio desses pensamentos, formula comparação entre o tumbeiro e o tempo, porque quanto mais a viagem se adianta menos se tem vista do passado, que vai sumindo, ficando para trás, e isso é irreversível, irrecuperável, tanto que agora Zinga ergue o peso da corrente para levar o dorso de uma das mãos até os olhos, enxuga um de cada vez, fazer inspeção nos escaninhos da memória tem dessas coisas de arrancar choro. E se cada um é a pessoa de hoje porque foi a pessoa de ontem, e se a vida for constituída pelo acúmulo contínuo daquilo que passa, Zinga então chora no velório de uma parte de si mesmo. Mas também, conforme se lança adiante, o tumbeiro vai perseguindo a face desconhecida do futuro. Pela frente cabe espaço para o muito que ainda há para pensar sobre ele. Zinga está sem sono.

SÃO SEBASTIÃO, 1821-1831

É dos grandes, isso se percebe melhor agora que outras embarcações ao redor estão disponíveis à comparação. Conforme se aproxima do porto, vai produzindo correntezas que lhe abrem o caminho. Acumula a confluência de todas as atenções, não há quem ignore a natureza do carregamento, as pessoas acostumadas à movimentação do porto identificam o tipo diferente de peso que a água suporta, o peso que é a soma de tantas agonias.

É pisar na terra estranha, e o primeiro prisioneiro posto para fora do tumbeiro tem pela frente uma plateia, olhos curiosos, bocas distraídas com doces e goles de água de moringa, o espetáculo está em andamento neste instante em que crianças, mulheres e homens acorrentados entre si formam fila extensa, amontoado de gente estrangeira, atordoada, eles gemem, mancam, coçam-se, sentem-se tontos sobre o solo firme, mais do que esgotados, estão confusos ao enxergar cenário nada parecido com o lugar de onde vieram. Cinco homens se distribuem pelo comprimento da fila, são encarregados de guiar o deslocamento e para isso descartam delicadeza: empurram os mais vagarosos, ameaçam fazer uso dos chicotes que carregam presos às calças. O cortejo segue para o interior do porto, mistura-se entre os espectadores, as pessoas logo se dissipam, afastam-se por terem saciado a curiosidade ou pelo incômodo da aproximação, se for por pena não há aqui semblante que a denuncie. Percorrido aos tropeços, o caminho termina ali onde estão as salas de venda já preparadas para receber os prisioneiros. No entorno, acumulam-se interessados, o dia de hoje é de muitas compras.

Mesmo sendo de boa altura, é ainda preciso se equilibrar na ponta dos pés para investigar a qualidade da mercadoria. Pretérito acaricia o bigode grisalho enquanto cuida para não deixar escapar minúcias, não admite que a compra lhe saia gato por lebre. Tira o chapéu, arranca do corpo magro a gravata e depois a casaca, neste calor a elegância não perdura para além do meio da manhã, tudo é entregue a Anastácio, homem de figura sossegada que veio manter de prontidão a assistência de sempre.

— Desta vez trouxeram muitos, entre eles deve haver algum que me caia bem.

Anastácio não ousa comentar, sabe que aquelas foram palavras ditas para dentro, quase um resmungo, jeito de falar sozinho, jeito de falar sem que o incremento do outro tenha importância. De qualquer forma, sente-se incomodado por estar quieto, pode ser que transpareça certa indelicadeza, pois então Anastácio se sai assim:

— Sim, senhor, dom Pretérito.

Nunca será fácil a explicação de certas coisas. No meio do tumulto de gente indo e vindo, na bagunça de tantos pés, pernas, braços, mãos alternando posições, entre a confusão das correntes emboladas, entre centenas de detalhes a disputar a atenção do observador, Pretérito inventa de mirar os olhos no improvável e acha o anel que veste o dedo de um dos prisioneiros. Dos pés à cabeça, faz inspeção demorada, a partir daí suspende a procura, não há mais algum prisioneiro que vá lhe demover a predileção. Estica o braço, faz pontaria:

— É aquele! — Pretérito e Anastácio ladeiam o séquito, começam a apressar os passos, vão mantendo a mesma velocidade com a qual os prisioneiros são conduzidos. Os dois estão atentos, precisam ter cuidado para não perder de vista o escolhido.

O silêncio, o pé-direito alto e a pouca mobília facilitam a exposição, mas aqui nesta sala de vendas não há espaço para a ocupação de muitos prisioneiros, e é por isso que um lote de apenas dez deles vem passando pela porta, quem os faz ficar alinhados, lado a lado e acorrentados uns aos outros no centro da sala, é o revendedor, estatura baixa, trajes de cigano, modos grosseiros de quem se vale do chicote para a intimidação. Um dos prisioneiros solta gemidos, gesticula, balbucia sons incompreensíveis, o revendedor faz pouco caso, diz alguma coisa que, de igual modo, não é compreensível ao prisioneiro, diálogo impraticável. Por acaso o revendedor abaixa os olhos e se depara com a enxurrada que desce pela perna do prisioneiro, em cuja cabeça, não demora, estala um tapa de reprimenda, mais que a raiva, o revendedor sente muita preocupação em ver os negócios prejudicados, ele corre até um canto, traz um pano roto e o entrega a duas mãos acorrentadas, nisso não há incompreensão, porque o prisioneiro abaixa de imediato para secar o lugar do chão em que se formou a poça de urina, aí está assentada a sina de nunca mais poder deixar de ser submisso à vontade alheia. Tarefa terminada, o revendedor toma para si o pano. Faz cara de repulsa, segura-o apenas com a pinça formada pelo indicador e o polegar, de novo corre para se desfazer dele, jogando-o no mesmo canto de onde o retirou. Por muito pouco tudo isso é flagrado pelo comprador que acaba de irromper porta adentro, traz escolta de dois homens, é grande, velho, movimenta-se como urso levantado, usa botas, chapéu, roupas largas, nunca alguém demoraria a apontá-lo como fazendeiro. Sem reagir ao empenho do revendedor em lhe dirigir muitos salamaleques, o comprador vai direto até onde possa ficar de frente para a mercadoria, depois avança e se põe a meter a mão pela boca dos prisioneiros, remexe lábios e línguas, quer examinar se há problemas em cada uma das dentições, também olha para dentro do buraco dos ouvidos, em relação a alguns faz cara feia, mede a protuberância dos braços, compara o tamanho dos músculos, repara o comprimento das pernas, ao que parece é bem experimentado nos rituais desse tipo de compra. De repente é acometido por uma sensação de enfado que o faz deixar incompleta a inspeção, vira-se para ter contato com o revendedor e diz:

— Vou levar todos os dez, mas tenha em mente que isso porque estou muito precisado de reforço para a colheita da cana, desta vez a remessa não veio a contento.

— Ora, coronel, não se preocupe, é que eles ainda trazem aparência da viagem, deixa estar que são do tipo que muito fácil recuperam o vigor e logo haverão de trabalhar feito cavalos.

O revendedor termina a fala, mas seu estado de entusiasmo ainda persiste, afinal caiu-lhe no colo uma venda de arrebate, conseguiu dar conta de um lote inteiro em alguns minutos, coisa que normalmente lhe custaria o turno da manhã ou da tarde. É mesmo um entusiasmo que se prolonga, o dinheiro vem lhe chegando às mãos, melhor ainda para o revendedor que não tenha havido solicitações de desconto ou abatimento. Enquanto entrega o molho de chaves ao fazendeiro, repara algo pelo canto de olho, vira-se e avista dois homens que acabam de entrar sem maior cerimônia, desse jeito a capacidade de lotação da sala de vendas não demora a transbordar. À frente está Pretérito, nas costas de quem Anastácio parece querer se esconder, e isso menos por ser retraído e mais por se sentir incomodado no íntimo. Fosse senhor de suas vontades, nem sequer passaria perto da porta deste lugar. Pretérito, ao contrário, exibe presença que irradia desenvoltura e uma segurança tal que o faz aparentar ser muito mais alto e corpulento do que realmente é. Braço esticado, mão espalmada no ar, o revendedor gesticula aviso de que o comércio está encerrado. Não bastando os gestos, ele acrescenta:

— Lamento, todas as peças expostas já foram vendidas.

Para Pretérito é como se nada lhe viesse aos ouvidos, caminha determinado para perto dos prisioneiros, destaca um deles com o dedo indicador e diz:

— Aquele, nenhum a mais, minha simples e única demanda é que me vendas aquele.

— Bem, se temos aqui coincidência de interesses quanto a uma das peças, o impasse pode ser facilmente resolvido por meio de um leilão de maior lance — propõe o revendedor.

Até então entretido com a organização da mercadoria, o fazendeiro, agora proprietário de todos os prisioneiros expostos nesta sala de vendas, direciona ao revendedor um olhar suficientemente hostil para pôr em derrota a ideia. Em seguida, vira-se para Pretérito e diz:

— O cavalheiro já recebeu informação e eu confirmo: estas peças, todas elas, sem abertura de exceção, foram vendidas a mim.

Hora de recolher os produtos da compra. Em fila, vão-se os prisioneiros encaminhados porta afora ao som do tilintar das correntes, ruído que, feito dor latejante, some, volta, nunca acaba, já está ele aí de novo como se reforçando aviso sobre a privação da liberdade. Cada qual à sua maneira, Pretérito e Anastácio assistem à cena. Especialmente quanto a Pretérito, os braços se cruzam sobre o peito, os olhos estão fixos, a atenção é de alguém em transe. O último prisioneiro sai pela porta, os dois capangas vão em seguida e só então o fazendeiro se retira, botas na divisa entre a sala e a rua, é nesse exato instante que Pretérito diz:

— Vejam a enrascada em que quase me meti. Desejei comprar um prisioneiro que traz no pescoço sinais de ter usado um colar de ferro.

Fosse o teor de uma conversa qualquer, as ondas sonoras não se expandiriam tanto para além do alcance dos interlocutores, mas Anastácio, logo ali ao lado, estranhou que Pretérito tenha elevado a voz de um jeito a fazer as palavras percorrerem todo o recinto e ainda escaparem para o lado de fora, inclusive onde o fazendeiro as pudesse ouvir. Ao revendedor também é estranho que a dupla inoportuna ainda não tenha partido, não há motivo aparente que os mantenha ali. Só mesmo Pretérito não é acometido por estranhamentos, ainda tem na expressão sinais de confiança, vai deixando o tempo agir a seu favor. E o tempo não demora até o fazendeiro retornar à sala de vendas, trazendo pelo braço um dos prisioneiros já desvencilhado dos demais.

— Vim desfazer a compra deste aqui, ele realmente carrega no pescoço marca de quem usou colar de ferro — reivindica o fazendeiro.

— Com todo o respeito, coronel, não se trata de condição que prejudique o funcionamento da mercadoria — rebate o revendedor.

— Como não? — esbraveja o fazendeiro. — Isso é mais grave do que um defeito de constituição física. Fico imaginando qual tipo de indisciplina teria merecido tamanha reprimenda. Não vou levar para a minha fazenda um insurreto, um arruaceiro que perturbe a ordem da lavoura, que ponha em risco o bom andamento da produtividade.

— Com maior respeito ainda, não me parece ser uma forma razoável de distrato. Perdoe-me dizer, mas isso depõe contra a boa prática comercial — protesta o revendedor, voz gaguejante pela sensação de estar confrontado por uma injustiça.

— Deixe de parvalhices, homem, restitua depressa a parte correspondente à peça devolvida, não me obrigue a convocar ajuda.

O fazendeiro olha para a porta, faz sinal com a cabeça e nisso está claro que a partir de agora o caso se resolve pelo peculiar poder de persuasão dos dois jagunços já de prontidão para demonstrar eficiência, a não ser que o revendedor se convença estar irremediavelmente encurralado. Dadas as circunstâncias, ele sucumbe, não é de todo ruim reconhecer a derrota, perde-se apenas uma venda e evita-se o estrago de um confronto desvantajoso. Feito o cálculo da restituição, o revendedor devolve parte do pagamento ao fazendeiro, que vai embora apressado, botas batucando o piso, não se despede, há pela frente uma carga viva a transportar.

Rejeitado, o prisioneiro está novamente no centro da sala de vendas, é a visão de uma solidão humilhante, não tem agora com quem dividir seu constrangimento. Sente-se faminto, sedento, exausto, incomodado pelos mosquitos que lhe beliscam boa parte de pele descoberta, confuso a respeito da sua localização, ignorante das tramas ao redor, aflito por não ter qualquer controle sobre a própria sorte, desesperançoso com o que está para acontecer, é quase o mesmo que um bicho de circo, com a diferença de não lhe virem aplausos e muito menos alguma comida. Perto dele, o revendedor ainda junta os cacos da sua reputação de bom comerciante, nunca antes havia lidado com uma devolução. O revés o manteve em crise, suspendeu-lhe por um tempo a percepção do redor, mas está novamente atento, olha de repente para o lado e uma visão lhe arranca suspiro de aborrecimento, percebe que Pretérito e Anastácio ainda permanecem ali, avança imediatamente na direção deles, não há nele sobra de paciência, vai dizer algum impropério, disso não resta dúvida por causa dos olhos compenetrados, dos punhos fechados, dos lábios contraídos, do cenho franzido. Pretérito, entretanto, antecipa-se como se num duelo sacasse mais rápido a arma. Lança o olhar mais desdenhoso que jamais o revendedor experimentou receber, dizendo em seguida o que as paredes desta sala de vendas há pouco já ecoaram.

— Aquele, minha única demanda é que me vendas aquele.

Cabe a Anastácio orientar o prisioneiro a avançar pelo curto percurso que leva até onde está estacionada a sege, não há nisso muita dificuldade, o prisioneiro está manso, obedece aos gestos de direção, ir caminhando para algum lugar, mesmo desconhecido, não parece pior que permanecer exposto dentro daquela sala de vendas. Pretérito vem exercendo supervisão, logo à frente dele estão dois homens que lhe pertencem. Eis ali a sege, os dois cavalos levantam simultaneamente a cabeça como se pressentindo o final da folga. Pretérito senta-se dentro da pequena cabine, o lugar vago ao seu lado vai servir para acomodar o chapéu, a gravata e a casaca. Olha para cima, respira devagar, resmunga contra o dia cheio que lhe tem cansado o corpo. É provável que feche os olhos e consiga descansar.

As duas rodas começam a girar por cima da rua de pedra, trepidação iminente. Do mesmo modo que os cavalos, Anastácio e o prisioneiro vão a pé. Está tudo pronto para uma viagem rápida, não é tanto que a comitiva precise percorrer. Anastácio puxa os cavalos pela corda presa aos cabrestos, ele faz sinal para que o prisioneiro o acompanhe mais de perto, as correntes ainda rangem, cumpre-se o costume de só retirá-las quando alcançado o destino, vai-se amaciando assim qualquer ímpeto de insubmissão. E o barulho não é motivo que afugente os cavalos. Na verdade, todos ali que vão alternando cascos e pés pelo chão, de um jeito ou de outro, estão experimentados a lidar com seus grilhões.

Os dois seguem lado a lado e aí está ocasião em que Anastácio se dedica a desvendar peculiaridades, não demora a reconhecer a origem de onde é comum aquela tonalidade da tez, aquele comprimento das orelhas, aquela dimensão dos lábios. Sob o único testemunho dos cavalos, estão em situação de conseguirem ter uma conversa privada. Anastácio se prepara para falar, vai ser a primeira vez que se dirige ao prisioneiro com palavras.

— Não te levaram pra roça, que sorte. A lida doméstica é bem mais leve.

Até então encurvado pelo peso enorme do desânimo, o prisioneiro apruma o corpo como se erguido por efeito de algum elixir revigorante, os olhos vão da lassidão ao vigor, arregalam-se renascidos. A reação não se deve ao teor do que Anastácio acabou de dizer, isso aliás pouco faz diferença, a boa surpresa vem simplesmente pelas letras e palavras e frases sopradas. Esse intervalo de contentamento vai se estendendo agora que Anastácio volta a falar:

— Também me trouxeram pelo mar. Somos quase da mesma região, a diferença é que eu vim de um lugar mais ao sul. E o seu nome, qual é?

O prisioneiro responde com animação, é o gosto saboroso de ser capaz de entender e se fazer entendido.

— Zinga. Zinga é meu nome.

Perdido em localidade distante, cercado por tudo quanto lhe soa desconhecido, Zinga, como se em delírio, sente-se transportado para a paisagem familiar da terra de onde o arrancaram. Aquelas letras, palavras, frases faladas na sua língua o envolvem num abraço de consolação.

A chave conclui dois giros completos não sem antes enfrentar a complicação de quase ter emperrado. Anastácio destrava a tranca, deixando as correntes despencarem, elas se amontoam no chão e fazem subir fumaça de poeira. Não há dúvida sobre o alívio de se desvencilhar de tamanho fardo, mas para Zinga não é bastante ver-se despido das amarras metálicas se o próprio destino não está ao alcance de suas mais simples decisões.

Entre poucas habitações espalhadas em uma região que, não tão afastada da cidade, ainda conserva alguma tranquilidade de retiro bucólico, a chácara de Pretérito ocupa uma área extensa, embora para quem a aviste do lado de fora do portão não seja evidente a vastidão de suas dependências. Lá dentro, é num pátio amplo que Anastácio explica quais são as muitas obrigações que a partir de agora Zinga terá de cumprir. Já divulgado o rol de tarefas, chega a vez de tratar das não menos numerosas advertências, essa parte do assunto exige de Anastácio expressão sisuda de quem precisa atrair completa atenção para a gravidade do que vai dizer.

— Está vendo os fundos da casa principal? Ali não podemos entrar, a não ser por alguma ordem, mas isso é quase nunca, lá dentro o trabalho é das aias. Dona Plácida tem costume de frequentar qualquer uma daquelas janelas e varandas, se for o caso de se deparar com ela, desvie o olhar, nunca a encare, disso nosso patrão não gosta. Cedo ou tarde, vai notar o homem parrudo que faz rondas por toda a parte, o nome dele é Hipólito, tem como ofício vigiar nossos passos, fiscalizar o resultado de tudo o que fazemos, não espere que nos trate com gentilezas, sei que ele coleciona apetrechos para nos castigar se tentarmos fugir. Lá bem atrás da horta está nosso alojamento, é para lá que devemos ir ao anoitecer, é de lá que saímos quando amanhece.

O braço de Anastácio permanece esticado, ainda serve para nortear outro aviso:

— E para além da horta, para além do nosso alojamento existe o que eles chamam de capela, lá nosso patrão fala com os deuses, também é lugar onde somos proibidos de entrar. Acho que isso nem faz diferença, o que se conversa lá dentro não nos diz respeito.

Todas essas instruções já iam pelo fim quando a concentração de Zinga começou a falhar, o motivo da distração são as duas mulheres vindas da casa principal, há um enorme intervalo de idade entre uma e outra, a mais nova se incumbe de carregar a trouxa de roupas que quase lhe equivale em tamanho. Por tanto tempo acostumado a ter pela frente visão das fisionomias sempre mergulhadas em aspecto fúnebre, Zinga se impressiona com a imensidão de vivacidade que um único rosto dá conta de irradiar. O sorriso de Filipa é um clarão de farol.

— O tumbeiro também a trouxe? — pergunta Zinga a Anastácio, olhos fixos em Filipa.

Anastácio responde com voz de segredo:

— Ela nasceu num deles, é filha da travessia.

Filipa segue caminho por onde vai ter encontro com os dois, ela se aproxima, cumprimenta Anastácio e quando avista as correntes no chão desfaz o sorriso de imediato, sombra de nuvem que nubla. Ela levanta a cabeça devagar para reparar melhor o dono daquele infortúnio, a solidariedade é mediadora do encontro. Um sorriso escapa pelo canto da boca de Zinga, isso de estar defronte com o muito de vida que Filipa tem nos olhos traz curiosidade sobre como é que alguém consegue remexer o interior de si e arrancar de algum canto oculto uma brasa de alegria, pedacinho relutante de incandescência.

— Teu dedo está vestido de sol — impressiona-se Filipa.

Entre orgulhoso e encabulado, Zinga desce os olhos para averiguar a própria mão, ele a balanceia lentamente de maneira a fazer o anel brilhar a cada novo movimento. Com olhos já de volta para a posição em que focam o rosto de Filipa, Zinga diz:

— Fala como alguém do norte.

— Minha mãe me ensinou a falar assim, foi o jeito de trazer a terra natal para perto dela, o lar de minha mãe sobreviveu em mim.

A boca de Zinga agora é um sorriso completo, ele se vira para a velha até então alijada da reunião e pergunta:

— Como se chama? Também fala minha língua?

— Bashira, meu filho, meu nome é Bashira. Falo a tua língua e muitas outras, quase tantas quantas são as rugas que moram no meu rosto.

Neste instante, tem-se no ar um alvoroço. Filipa e a velha Bashira se despedem e tomam o caminho do lugar para onde precisam ir. Zinga olha para Anastácio e encontra um semblante de apreensão, o motivo vem chegando a passos firmes, Pretérito anda como quem está sempre a querer esmagar formigueiros no chão.

— Anastácio — Pretérito faz o chamado num grito de entusiasmo. — Tenho cá umas ideias sobre como nomear o novato. Cipriano, Damião ou Gonçalo, pergunte a ele qual desses nomes lhe soa melhor.

Anastácio se sente pressionado a não provocar mal-entendido e por isso é zeloso em fazer a tradução, ao que Zinga, diretamente a Pretérito, responde:

— Zinga, Zinga, Zinga.

Pretérito não se abala, encara a insubmissão como um pormenor, algo meramente parecido com pirraça de criança. Já de saída, sorriso indulgente, ele diz:

— Que seja.

Enquanto se afasta, vai enumerando ordens a Anastácio:

— Trate que ele aprenda logo a língua daqui, quero ser entendido sem intervenção de intérprete. Também explique como é o manuseio do meu novo meio de transporte, amanhã mesmo sairemos a fazer a estreia.

Anastácio aguarda Pretérito sumir de vista para só então transmitir a Zinga um conselho:

— Não devia ser assim tão insolente, nosso patrão é o mais generoso que existe por aí, temos boa roupa, boa comida, ganhamos folga com frequência, do jeito como vai, acaba atiçando a antipatia dele.

Zinga não retruca com palavras, sua resposta se dá pelo dedo indicador que aponta em direção ao tronco fincado quase ao centro do pátio.

— Nunca alguém foi açoitado por aqui — argumenta Anastácio.

A cabeça sacode em desaprovação, Zinga está muito longe de se deixar convencer:

— Se aquilo está ali, é para ter uso. Cedo ou tarde.

Ultrapassada a cavalariça, Anastácio e Zinga chegam até onde precisam esmiuçar o objeto guardado sob a proteção de um pano grosso. A revelação é feita sem que Zinga consiga enxergar utilidade no que para ele é uma geringonça de engenharia incompreensível e canhestra.

— Eu e você ergueremos a liteira pelos varais de pau, e aí então carregaremos o patrão, que irá sentado naquela cadeirinha coberta — explica Anastácio, de antemão.

— Mas por que eu e você? Para isso não servem os cavalos?

— Os cavalos não cabem nas ruelas da cidade crescida, não são apropriados para andar entre as tantas gentes. Além do mais, o vai e vem das liteiras é hoje mania muito espalhada por aí.

A propósito, a cavalariça é logo ali ao lado, e lá estão os dois cavalos a aparentarem compreensão sobre o que dizem deles, estão atentos, orelhas levantadas. Depois, vergam simultaneamente o pescoço até o cocho, fartam-se de água fresca, resolvem a sede e também se divertem com a algazarra dos respingos. Zinga assiste a tudo, mais uma vez se vê nivelado à mesma condição dos bichos de carga, pior agora que inclusive começa a ter inveja deles.

A iniciação foi de dar pena, se é que ainda sobra espaço para o depósito de alguma piedade junto ao acúmulo de tantas outras endereçadas a esta dupla de carregadores desventurados. Anastácio e Zinga desacertavam os passos, não sabiam equilibrar o peso da liteira, sentiam as pernas bambearem de esgotamento, tudo muito desastroso, mais de uma vez chegaram quase a derrubar Pretérito ao chão.

Mas a prática é bom remédio para as inaptidões. Por meses e meses, sempre no raiar da manhã, Anastácio e Zinga têm se ocupado de conduzir Pretérito à missa. Por força da repetição, memorizaram todos os detalhes do itinerário, desenvolveram entrosamento, apuraram o fôlego, aprenderam a lidar com os segredos do bom carreto, hoje dominam como ninguém o manuseio da liteira, tanto é assim que Pretérito acostumou-se a aproveitar o trajeto para desfrutar de leituras e cochilos, muito diferente de outrora, em que o corpo ia tensionado por efeito da provável iminência de algum acidente, nesses tempos a constância com que bradava advertências e repreensões trazia prejuízo ao desempenho da voz quando, na missa, eram entoados cânticos de fé.

Para Pretérito, este é um dia de maior animação, não se encontra explicação especial para a euforia, ao que parece há dias melhores que os outros e pronto. É com gosto que vai saudando os que também transitam na condição de transportados, as liteiras pela cidade de São Sebastião já são em número de provocar congestionamento. Anastácio e Zinga orbitam a atmosfera de humor radiante, sem contudo serem contagiados por ela, cada um está imune a seu modo. Suor no rosto, condição de seguir na dianteira, Anastácio dedica concentração à tarefa, nada pode lhe interessar mais que o sucesso da condução. Já a concentração de Zinga é de outra natureza, uma expectativa domina-lhe a atenção. Vem chegando a parte do trajeto onde invariavelmente se dá de cara com o homem atulhado por apetrechos de desenho e pintura. É próximo à Igreja de Nossa Senhora Mãe dos Homens que Zinga confere o lugar de sempre, um canto da calçada e lá está ele. Boina, costeletas volumosas e grisalhas, lenço amarrado em volta do pescoço, é um visual extravagante com o qual os olhos de Zinga ainda não se habituaram. No meio da rua estreita, a liteira vai passando em frente à igreja, cena observada muito detidamente pelo homem compenetrado em capturar cores, movimentos, minúcias, silhuetas e feições. Pela ordem, ele olha para Anastácio, olha para Pretérito e quando olha para Zinga, recebe de volta um olhar de incompreensão, os dois se encaram, se estudam, trocam curiosidades recíprocas, isso não dura muito, a continuar entretido com exotismos, pode até ser que Zinga perca o compasso e aí está feita a tragédia, nem é bom cogitar que Anastácio sofra efeito do desequilíbrio lá na frente, que a liteira se descontrole, que Pretérito desabe e role no chão pedregoso. Então por isso Zinga segue caminho, vira a cabeça para a frente, é preciso primar pelo manejo seguro da liteira. Não quer dizer que o emaranhado das ideias vá junto, o pensamento se atrasa, demora lá por onde a Igreja de Nossa Senhora Mãe dos Homens ficou para trás. Quanto maior o distanciamento, mais a vontade de voltar e descobrir o que é que se faz com tantas cores, o que é que uma tela haverá de revelar.

Anastácio e Zinga dobram os joelhos, cuidam para que a liteira desça bem devagar, pouso suave. Pretérito se levanta, sai ajeitando a casaca, sobe as escadas, ruma para dentro da catedral, não diz nada e nem precisa dizer, já é costume consolidado que daqui a uma hora a liteira esteja em posição de espera. No período da missa, Anastácio e Zinga vão inventando jeito de matar o tempo, o que não é de todo tarefa difícil, já que em frente à catedral está a Rua Direita, lugar de aglomeração, há pessoas circulando, praticando o comércio de galinhas, balaios, produtos de muitos tipos, há também quem ofereça serviços de alfaiataria, barbearia, sapataria, marcenaria, ali as ocorrências se multiplicam, não se faz concessão ao silêncio nem ao sossego, isso sem falar que no outro lado da rua exibe-se o Largo do Paço, ao redor do qual borbulha agitação comum à rotina de uma sede de governo. Pois aí está a paisagem para quem quiser se distrair, suas veredas são impossíveis ao tédio.

Mas nada do que vibra no cenário à frente está em condições de distrair a cabeça de Zinga, não há meios de ocupar o que já vem cheio. Os minutos correm, e o corpo permanece em inércia, Zinga não reage a nenhum estímulo, não enxerga pelos olhos, mas sim pela memória, é outra cena que lhe domina o pensamento em sequestro. Anastácio percebe a estranheza, tem a companhia de alguém inanimado.

— Acorde, homem, no que é que tanto pensa?

Como se por efeito de um susto, Zinga desperta de sua letargia, vai se afastando enquanto diz:

— Alguma coisa me chama. Não demoro.

— Mas o que é isso? Está enlouquecido? Para onde vai? Se o patrão não te encontra aqui o mundo desaba.

Se for tentar se explicar, é coisa certa que Zinga se atrapalhe com a falta de tempo, então por isso se põe a correr sem dar ouvidos aos apelos que o perseguem de perto. Anastácio vem atrás, precisa convencer Zinga a ficar, mas isso apenas por um trecho curto, ele para, desiste, retorna, logo considera que deixar a liteira em descuido é pior. Ao avistar a figura de Zinga sumir no meio das tantas gentes, Anastácio flagra-se em incredulidade, nunca imaginou presenciar indisciplina tão deliberada.

As quatro pernas de madeira estão fincadas nos vãos que separam as pedras da calçada. Embora firme, o banquinho assenta-se em piso irregular, o artista sentado nele tem à frente o cavalete que apoia uma tela, esboço de pintura. O corpo acomoda-se desengonçado, mas nem isso é capaz de lhe afastar do rosto o ar de satisfação, a pintura é seu conforto. É uma alegria encontrá-lo ainda ali na posição em que contempla detalhes do cotidiano. A curiosidade de Zinga é uma força que vence o constrangimento. Os passos vagarosos vão o levando para perto de onde é possível enxergar com mais exatidão o colorido das litografias, das aquarelas, dos pinceis e lápis, quantas cores jamais vistas. Zinga alcança o ponto em que deixa de ser meramente figura humana de carne, osso, sangue, ele agora é captado pelo campo de visão de um pintor, a partir daí é visto sob outro aspecto e está suscetível a transformações, pode ser que seus contornos ganhem forma de traços, que sua pele e suas roupas sejam reproduzidas por meio de tintas resistentes ao tempo, pode ser que ele esteja próximo de compor um mundo de abstrações.

O ar embevecido da pessoa que se aproxima é muito familiar ao artista, assim é o estado costumeiro de quem as cores escolhem como alvo de suas seduções. Pelo chão há desenhos inacabados, pinturas em secagem, o artista escolhe a obra mais à mão, conjunto arbóreo. Ergue a tela na direção de Zinga e pergunta:

— Já viu uma destas?

Zinga permanece quieto, se não responde é porque está inteiramente ocupado em compreender como é possível alguém ter trazido a paisagem para dentro de um retângulo, como é possível imitar a luminosidade do sol, os verdes das folhas, até o vento, por mais invisível que seja, também está ali. O artista se dá conta de que tem poder de provocar encantamento, e isso é um deleite que o faz querer mostrar toda a sua produção.

Mal a obra é apreciada e já outra é posta à frente dos olhos compenetrados de Zinga, saraivada de imagens, torrente de recursos, sobrecarga de estilos, sequência de comoções, alguma coisa dentro dele, até então sempre adormecida, acorda e é como se, ao feitio do mais autoritário dos tiranos, decretasse que a partir de agora não se sobrevive a um dia sequer sem experimentar as impressões causadas pelas cores pintadas, pelos traços desenhados. O artista vai devolvendo as telas ao chão enquanto pergunta a Zinga:

— De onde veio não existe quem faça isso?

Zinga faz que não com o maneio da cabeça, age como criança encabulada.

— É só a novidade que te impressiona — diz o artista, a postura de vaidade vai arrefecendo e, fim da euforia, chega-se a um tom de modéstia que resvala no pessimismo. — No meu país, isso é feito aos montes, há tantos melhores que eu, ninguém por lá haverá de se interessar pelos trabalhos que eu faço aqui.

Para Zinga, não é argumento que diminua seu interesse, ali está ele agachado, deseja rever quadro por quadro. Tamanha admiração é de comover.

— Qual prefere? Quero que fique com um deles — diz o artista, ar piedoso.

Zinga se levanta devagar, um suspense se avoluma até quando, de pé e encarando o artista, ele diz:

— Não quero ganhar um deles. Quero é fazer um deles.

Que susto, o artista mantém-se em silêncio pelo tempo em que assimila o inusitado da manifestação. Depois, deixa escapar um sorriso de vida própria, não é deboche, longe disso, a reação tem a ver com surpresa, é como reconhecer à frente, depois de muito tempo, um amigo de velha data. O artista sabe muito bem identificar o delírio ingênuo, a insensatez transloucada, elementos condizentes aos aspirantes a domadores da pintura. Por desafio ou pelo compromisso inconsciente de perpetuar a arte, há missões irrenunciáveis.

— Pois então, ouça bem. Sou Jean-Baptiste, a partir de agora seu mestre.

Lá no topo da Igreja Nossa Senhora Mãe dos Homens, o galo dos ventos é testemunha do encontro entre dois estrangeiros que vão se entendendo no idioma que para ambos ainda não é fácil dominar. Mas se por vezes a falta de fluência espalha lacunas no diálogo, eis então que para preenchê-las aí está o silêncio de contemplação em que os olhares convergem para o colorido das figuras, isso de ficar olhando traços e cores causa neles idêntica satisfação e equivale a horas de boa conversa, o encanto é uma linguagem universal.

Anastácio não se aguenta mais de inquietação, tanto assim que as unhas sobem e descem pelos braços, arranham a pele numa aflição impossível de controlar. É um insucesso cada vez que vasculha os rostos no aglomerado de gente, e o desespero só aumenta já que a missa terminou. As portas da Igreja Matriz estão escancaradas, delas vão escoando um punhado de carolas, logo atrás todos os outros fiéis descem calmamente as escadas, e a calma tanto pode ser porque os espíritos ainda se conservam apaziguados, quanto pode ser por causa da estreiteza dos degraus, se alguém quiser descer afobado, não haverá santo que ajude a evitar a queda de muita gente embolada. É da ordem natural das coisas que Pretérito, elegante, postura ereta, esteja vindo já pelo meio da escadaria. À frente dele, a dispersão das pessoas faz abrir um clarão que deixa ver a liteira estacionada no lugar de sempre, onde também é visível a figura de Anastácio em comportamento digno de estranheza, mãos na cintura, mãos na cabeça, ele se agita, se coça, estica o pescoço para avistar o horizonte entupido de gente que vem e vai, e agora olha na direção da escadaria, confere rosto por rosto, faz isso lentamente, quase de olhos fechados para não se deparar com aquele que é a própria personificação da confusão, mas aí acontece o momento instantâneo em que um avista o outro.

Pretérito encontra no rosto de Anastácio constrangimento e temor. Conforme se aproxima, o ambiente vai muito rápido da leveza ao peso da tensão. Enfim, está próximo o bastante para notar uma ausência. A partir daí, variados tipos de incômodos lhe assaltam as sensibilidades, nunca foi de ser dominado pelo abatimento que o mantém atado a um estado de hesitação quanto ao que deve ou não ser feito. Sente-se vazio, derrotado, muito perto da tristeza. Porém, mais rápido que um estalo, tudo isso desaparece de uma vez agora que vem vindo Zinga, atrasado e esbaforido. Pretérito respira fundo, o alívio devolve a ele o controle das ações, está confirmada sua habilidade no trato com todas as gentes que pertencem a ele. Enquanto isso, Anastácio teme pela intensidade da punição que está por vir e por essa razão se apressa em criar defesa:

— Não foi nada, senhor, ele não se aguentava mais de ter os intestinos destrambelhados e precisou descarregar em algum lugar afastado.

— Ele já está aqui, não está?! Isso é o que importa, ora — desdenha Pretérito ao mesmo tempo que se acomoda na liteira.

E a liteira retoma o caminho de volta. O decorrer do percurso é ocasião para passar a limpo as pendências do pensamento. Lá na frente, Anastácio reflete sobre a sorte de retornar à normalidade sem qualquer consequência de reprimenda. Acomodado em seu assento confortável, Pretérito não se ocupa de meditações refinadas que vasculhem a vida e suas profundezas. Assim do jeito que vai, sem o esforço das pernas, é natural manter a cabeça em descanso. No máximo, tenta adivinhar quais serão os ingredientes do almoço que estará à sua espera. Lá atrás, indiferente ao fato de ter se arriscado tanto, Zinga permanece calado desde quando regressou da escapulida. Entrega o corpo ao que lhe cabe fazer e deixa a mente solta. O pensamento é coisa que ainda não conseguiram capturar e é por isso que voa livre na direção de muitas paisagens coloridas.

A mão fechada esconde um mistério, ela vai se abrindo devagar e, quando aberta, estendida com força de separar muito os cinco dedos, revela uma mancha de tinta.

— Filipa, qual é a cor que tenho na mão?

— Não tem graça adivinhar coisa tão fácil. Qualquer criancinha sabe dizer que a cor é azul.

— Não é não — diz Zinga em tom vitorioso. — Índigo, esta cor aqui se chama índigo.

— Pois para mim é o mesmo azul de sempre — Filipa fala entre sorrisos, e cada sorriso é uma explosão de simpatia vinda de uma fonte que nunca vai se esgotar.

Mas os sorrisos batem em retirada, a cara se fecha, o rosto cai de constrangimento, a repentina mudança de ânimo perturba o entendimento de Zinga.

— O que foi, Filipa?

— É que estamos sob vigilância — sussurra Filipa, a voz sai fraca, viagem curta, as palavras não podem se expandir por aí denunciando o que se quis dizer em sigilo.

Zinga vasculha o redor e encontra a figura estática de Pretérito atrás de um dos janelões do casarão.

— Que tormenta! Nem por um bocadinho consigo aproveitar a sensação de levar a vida por conta própria, aí estão olhos por toda a parte me mantendo avisado sobre minha condição de cativo.

— Tenha mais calma, não é para se aborrecer tanto.

— Como não? Nem podemos ter a ilusão de esperar pelo socorro do tempo, estamos condenados para sempre a termos certeza do que será de nós, sem surpresas, sem esperança, nossa vida é um atoleiro sem saída.

— Mas poderia ser bem pior — Filipa consegue combinar no sorriso afeto e impetuosidade. — Olhe a minha condição, duas condenações pesam em cima de mim, uma por ser prisioneira e outra por ser mulher. Vou contar uma coisa: se ando por aí, logo me vejo cercada pela fome dos muitos que me enxergam como pedaço de carne fresca. Coronel Antunes é o pior deles. Quando me vê, o homem saliva igual cão em raiva, melhor que não o chame de homem, nem o chame de cão, porco lhe cai bem. Pois esse porco é dono de terras, planta, colhe, tem fortuna e às vezes vem trazer saco cheio de dinheiro, quer que o nosso patrão me venda a ele.

— Que ele nem pense em te tirar daqui, sou capaz de fazer desse porco um amontoado de picadinho — diz Zinga, corpo ereto, cabeça erguida. É uma valentia muito próxima à coisa cômica, faz Filipa achar graça, mas ela sorri por pouco tempo, porque logo retoma a gravidade do assunto.

— Nosso patrão garantiu que não me vende, disse para mim que não me vende por dinheiro nenhum. Por isso entenda que tudo poderia ser pior, ao menos restou a nós uma sorte, a sorte de termos como patrão alguém bondoso.

Zinga é cauteloso ao repetir o gesto de se virar e conferir a janela do casarão. Pretérito já não está lá e é como se tivesse o poder de sumir e voltar a aparecer quando e onde bem quisesse porque agora vem caminhando pelo pátio, metido em sua casaca própria para as missas. A conversa é interrompida, vai morrendo abandonada enquanto Zinga e Filipa seguem cada qual à sua lida.

O barulho é um grito cortante. Hipólito até poderia abrir o portão suavemente, mas prefere ser bruto e é costume que o arraste de maneira a produzir o som que arranha o ar, agressão aguda a ouvidos mais frágeis. A liteira vai saindo pelo portão e aí começa a saudação de todos os dias.

— Lá vai a cavalgadura mais velha — provoca Hipólito.

De tão cotidiano, o insulto já não incomoda Anastácio, que ultimamente tem reagido a ele com sorrisos de diplomacia.

— Lá vai a cavalgadura mais nova e o seu dedinho brilhante — diz Hipólito, alternando o alvo de seu deboche.

Zinga nem se dá conta de que está sendo achincalhado, isso porque ao olhar para Hipólito enxerga a possibilidade de retratá-lo por meio das tintas. Olhos severos, barba espessa, chapéu cor de barro, chicote em punho, a tela teria tons escurecidos e aspecto sombrio, um tema de horror. Pretérito mantém-se indiferente a tudo, especialmente em relação aos rompantes de Hipólito. Enquanto vai sendo carregado, estica as folhas de jornal e mergulha num alheamento que provavelmente perdure até ser deixado aos pés da Igreja Matriz.

Já se foram alguns minutos desde que Pretérito, após vencer aos pulos o lance de escadas, desapareceu para dentro da penumbra da igreja. E agora que o início dos cânticos é ouvido do lado de fora, Zinga se apressa em abrir o fundo falso da liteira para dele retirar o material de pintura, que inclui tintas, pincéis e uma pequena tela. A construção da engenhosidade oculta não custou muito ao esforço de Zinga, mas isso foi feito não sem os protestos de Anastácio, que tem vivido em permanente preocupação quanto ao comportamento clandestino do qual, querendo ou não, foi se tornando colaborador. Zinga reúne o material e corre para longe enquanto promete que em menos de uma hora estará de volta. A Anastácio não resta muito mais que aguardar, é o que tem feito todos os dias na esperança de que as coisas não se desgovernem.

A Igreja Nossa Senhora Mãe dos Homens calhou de fazer os sinos berrarem neste instante em que Zinga, material a tira colo, aparece ofegante, tudo se assemelha à imagem do aluno recepcionado pela sineta da escola.

— Ora, ora, se não são os sinos anunciando a tua chegada — anima-se Jean-Baptiste, que deixa de lado seus afazeres de pintura e se põe a querer resolver uma curiosidade. — Arranjou tempo para o treinamento?

— Surrupiei do meu sono algumas horas para a prática — diz Zinga, entregando a Jean-Baptiste a pequena tela preenchida de desenhos e cores.

Jean-Baptiste é um mestre generoso, reforça o elogio aos traços feitos com precisão, às cores bem empregadas, ao passo que ameniza a crítica às falhas, ao mau gosto e à técnica ainda pobre. De um modo geral, está impressionado com o empenho de seu discípulo. Para alguém que antes nem sequer havia se aproximado de uma obra artística, esboçar desenhos razoáveis em tão pouco tempo é sinal de aptidão a merecer bons cuidados, se Jean-Baptiste espremer-lhe o talento, haverá de extrair algum sumo promissor.

— Hoje será dia de dar cara às pessoas.

No canto da calçada foram empilhadas telas previamente preparadas para a lição, esse é o ponto a que chegou o capricho professoral de Jean-Baptiste. Zinga observa com atenção os muitos rostos de pessoas provenientes de sua terra, gosta de ver o retrato colorido de tantos conterrâneos. Está para nascer aluno mais interessado, abundam perguntas sobre como tracejar o contorno da face, como alinhar seus componentes e dar relevo a olhos, nariz e boca, tudo muito pacientemente ensinado. Vem vindo aí uma sequência diferente de rostos, alguns são rascunhos, outros são aquarelas em versão definitiva, todos retratam a exuberância de bustos emoldurados pela pompa das golas, condecorações e acessórios extravagantes.

— Quem são eles? — impressiona-se Zinga.

— Veja se não são exibicionistas os membros da família real — graceja Jean-Baptiste.

Qualquer detalhe passa a ser digno de pesquisa. Zinga continua a contemplação dos desenhos até fixar a atenção mais detidamente em um deles. O rosto aprisionado na tela olha de volta para Zinga e aí se tem a demora de dois olhares que se encaram.

— E este aqui? Quem é ele? — pergunta Zinga, mantendo o olhar fixo para a tela.

— Está cara a cara com o príncipe regente, o governante de todo este lugar.

— É o comandante de tudo?

Jean-Baptiste acha engraçada a ingenuidade vinda como acompanhante da pergunta, ele sorri e diz:

— Manda, desmanda, volta a mandar.

A informação chega a Zinga como se trazida pelo vento que o fôlego da coincidência soprou. É inacreditável assim de repente cair-lhe no colo a chave do tesouro, não há o que fazer senão externar uma intenção até então reprimida.

— Preciso falar com ele, é muito importante que eu fale com ele.

É o tipo de insensatez que se escuta e se ignora, não faz sentido levar adiante a conversa que envereda para caminhos transloucados, mas Zinga insiste, repete várias vezes o seu propósito e isso obriga Jean-Baptiste a dizer uma obviedade cujo esclarecimento imaginava ser desnecessário.

— Um governante não tem ouvidos que escutem a voz do seu povo, que dirá a voz de um prisioneiro trazido para, sem ofensas, servir de mula para carreto de cargas vivas e preguiçosas.

— Agora que soube dele, minhas ideias não vão descansar até que eu faça tentativa — insiste Zinga.

— Deixe disso. E digo mais, acredite, o príncipe regente é tão estrangeiro quanto nós dois, e vai se espalhando boato de que pretende voltar para o país de onde ele é natural. Não haverá tempo nem para vocês se saudarem.

— É mesmo uma tolice imaginar que eu possa fazer acontecer vontades — lamenta Zinga, olhar vazio.

A desolação sensibiliza Jean-Baptiste, que estende o assunto:

— O príncipe regente está para fazer um pronunciamento, talvez diga ao povo que esteja de partida, talvez diga ao povo que fica. Poste-se em frente ao paço e então terá visão dele.

— E quando será que isso acontece? — pergunta Zinga, ânimo recobrado.

— Qualquer que for o dia, o boca a boca se espalha e ninguém fica sem saber.

Os badalos da Igreja Nossa Senhora Mãe dos Homens estão novamente em atividade e ajudam a dar sinal de alerta. A conversa consumiu grande parte da aula e então é chegada a hora de Zinga retornar sem que tenha aprendido tudo quanto desejaria a sua insaciável dedicação. Mas ao menos vai informado sobre itinerários do príncipe regente.

E não é que isso de flanar pelas ruas à procura de modelos, ângulos e inspirações é um jeito eficiente de conseguir ler as entrelinhas da cidade. Nos exatos termos de como previu Jean-Baptiste, é chegado o dia em que as pessoas vão transmitindo umas às outras a notícia de que o Paço Imperial está preparado para ser convergência de quem queira testemunhar um acontecimento daqueles muito provavelmente destinados a preencher livros sobre a história nacional. Chamado à participação na condição de ser presença numerosa que cause impressão de opulência, o povo vai se movimentando com a presteza do cão dócil que atende a um estalo de seu dono, vai emprestando imprescindível figuração para a ocupação de espaços, está formado o cenário.

A liteira descansa estacionada aos pés da escada da Igreja Matriz e Zinga ainda não se apressou em carregar para longe dali seus materiais de pintura, que aliás permanecem intocados dentro do escaninho secreto. Anastácio acha estranho, mas não diz nada, deixa a coisa ficar como está na expectativa de ter ao menos um dia em que a espera se faça em sossego, sem ansiedades, sem torcida contra o atraso. Azar dele que Zinga tenha na cabeça o objetivo de se juntar ao povo que passa em direção ao paço. É o que ele faz sem aviso prévio, e Anastácio no fundo já contava com o fato reiterado de ter que fazer sozinho a guarda da liteira, só não compreende por que Zinga não levou consigo o material de pintura e por que tomou direção diferente daquela que o leva sempre para os lados da Igreja Nossa Senhora Mãe dos Homens.

É um desajeitado cortejo de gente vinda de muitos lados. Ao se aproximar do ponto para onde converge toda essa movimentação, Zinga avista à frente o amontoado de pessoas em posição de vigiar com ansiedade as janelas do Paço Real. Uma onda de burburinho se espalha feito rastilho de pólvora pela extensão da plateia, é a reação ao homem em trajes militares que irrompe em uma daquelas janelas. Segue-se a isso um silêncio, porque o homem vai falar e ele fala em tom cerimonioso, vai enfeitando palavras, invertendo rebuscadamente a ordem das frases, não se sabe o quanto mais irá durar tanto desperdício de tempo, a maioria do que se diz não é compreendida por quem ouve. Enfim, o homem anuncia que é chegada a hora do ato principal e isso é inteligível a todos.

Passa-se um tempo longo, qual graça haverá se o povo não se encher de expectativa. Outra janela se abre, e a figura que agora se avista tem alguma coisa de sobre-humana no jeito de olhar a multidão, olhos de um semideus. Durante os aplausos, há quem certamente esteja tentando contar quantas medalhas reluzem no peito do príncipe regente e ele só vai dizer a primeira palavra quando o som do último aplauso parar de estalar, não se importa em esperar passar o período de exaltação, o sorriso de regozijo denuncia a vontade de ver isso se estender indefinidamente, a impaciência nunca prevalecerá em momentos assim.

Ao poupar as mãos de terem que se chocar repetidamente umas contra as outras, Zinga destoa da multidão por não estar prestando homenagens. Aplaudir não é tão urgente quanto fazer uma confirmação e agora que todos se aquietam, agora que o pronunciamento vai se desdobrando, é mais fácil identificar as nuances do semblante em evidência. Zinga reconhece o príncipe regente como a pessoa retratada pelo desenho de Jean-Baptiste, e isso lhe dá nos nervos, ele se espreme entre as pessoas, força a passagem, vai tropeçando atabalhoado sob a chuva de xingamentos, empurrões e safanões na cabeça. A profundidade escura de uma entrada desponta logo à frente e é presumível que ela seja acesso para os aposentos do paço.

É uma chance escancarada, não se pode exigir que Zinga tenha a prudência de caminhar na ponta dos pés, por isso aí está ele seguindo apressado entrada adentro e continuaria avançando não fosse o braço que lhe circunda o pescoço e o puxa para fora, o freio repentino o faz cair de costas no chão de onde é erguido rapidamente por dois soldados da guarda real que são discretos em arrastá-lo para longe da multidão. Aos dois soldados, junta-se mais um e então começa a pancadaria, contra a qual Zinga, nem ainda de pé, protege-se com as mãos espalmadas à frente do rosto. Se forem pessoas que atentem aos detalhes, os soldados perceberão um anel que reflete a luz do sol. A postura de Zinga é menos uma técnica de defesa e mais o movimento involuntário, que por uma fração de segundo traz à tona da memória imagens vividas no tumbeiro, espantoso que cheguem tão nítidas e que façam relembrar tantos detalhes em um pedacinho insignificante de tempo. Um dos soldados adverte aos demais que é hora de parar, o homem espancado tem aparência de prisioneiro e vai ser um grande problema se o proprietário dele cismar de querer reparação por causa de qualquer avaria que prejudique o rendimento da lida.

Mais uma vez Anastácio libera dos pulmões o ar pesado da preocupação. Enquanto bufa de alívio, Zinga se aproxima ainda não completamente recomposto, não quer responder sobre a estranheza do seu estado e não se fala mais nisso, os dois aguardam calados o final da missa, hoje ao que parece um pouco mais estendida. Na verdade, Pretérito é que vem atrasado, é um dos últimos a sair, há esses dias em que resolve se confessar e depois ainda demora na prestação de contas sobre assuntos da família, sobre como pretende contribuir para a manutenção das obras eclesiásticas, sobre o aperfeiçoamento de suas condutas em prol do bom caminho que o conduzirá até os portões do reino dos céus.

Desta vez, Pretérito não se sente melhorado, ele desce as escadas com a lentidão de alguém que carrega bolas de ferro presas aos tornozelos, o certo é que a admissão dos pecados não foi eficiente para lhe trazer leveza nem muito menos a paz dos pensamentos. Na cabeça em ebulição, ressoa ainda a voz do padre, grave, inquisitiva. Pretérito avista mais abaixo os dois desafortunados tão obedientes em aguardá-lo, vai observando detalhadamente cada um dos homens imersos em absoluto estado de submissão e daí conclui que ambos, sempre guiados por decisões alheias, não precisam se preocupar com dilemas psicológicos, são o que são, fazem o que fazem e pronto, e é aí que surge uma ponta de inveja, queria ele se ver livre de todas as suas responsabilidades, livre das angústias mentais, mas essa inveja terá vida curta, mal nasceu e já está morrendo assim que Pretérito se acomoda na liteira e fecha os olhos para tentar descansar. Anastácio e Zinga erguem a carga e começam a andar, hoje ao que parece fazem mais esforço do que o de costume.

Hipólito enxerga a liteira ao longe e já vai adiantando o serviço, arrasta o portão até deixá-lo escancarado. Anastácio se aproxima, tem o rosto coberto de suor, está suficientemente claro que sua idade não mais se compatibiliza com esse tipo de incumbência, e como se não bastasse o desgaste que o consome, também é obrigado a suportar a recepção de Hipólito:

— Aí vem chegando a cavalgadura velha.

A liteira ultrapassa o portão e a julgar pelo olhar sonolento e entediado, é provável que Pretérito tenha passado o percurso inteiro às voltas com o peso dos pensamentos. É a vez de Zinga atravessar o portão, também não vive o melhor do seu temperamento, não é para menos, nem sequer conseguiu se aproximar do príncipe regente e além disso as partes do corpo ainda latejantes reforçam a lembrança do quanto apanhou. Ele vem trazendo erguidos os paus da liteira, mantém a cara fechada, olha para baixo, trinca os dentes, resolve não encarar Hipólito que é para não reagir à zombaria de sempre:

— Cavalgadura nova, cavalgadura nova.

Quando a liteira alcança o pátio do casarão, Zinga levanta a cabeça e é um consolo perceber o fim do trajeto, a cabeça permanece erguida, mas se ela ainda estivesse abaixada, Zinga teria visto que um dos seus pés passou rente a alguma coisa caída ao chão.

Portão fechado, Hipólito dá meia-volta e se dirige até o pátio. Ao olhar para a liteira mais à frente, testemunha quando um objeto cai da parte debaixo dela e, no chão, é quase pisoteado por Zinga. Espera a liteira se afastar para então se lançar à investigação. Aproxima-se, agacha-se e o recolhe. Inicialmente imaginou ser uma peça quebrada, mas agora que o tem na mão, Hipólito descobre que o objeto é um pincel.

Os grãos de barro vão grudando em todos os dedos de Filipa. No trato com a terra, não existem mãos mais carinhosas que as dela. Acaba de plantar muitas mudas de hortelã, entre elas é notório haver a mesmíssima distância, capricho de quem domina métodos de cultivo, e essa destreza fica ainda mais evidente quando Filipa começa a colher os rabanetes brancos de um jeito que é como se conseguisse, por meio de algum poder de magia, instigar-lhes muita vontade de emergir do subterrâneo, é o que fazem, sobem puxados pelas folhas e vão parar suavemente nas mãos que passam a retirar deles todos os ciscos de terra, não se sabe se é ato de limpeza ou se é afago.

Bashira faz companhia a Filipa, esteve em silêncio enquanto duraram o plantio e a colheita, mas agora que os procedimentos de lavoura estão quase no fim, sente-se à vontade para fazer uma pergunta:

— Não te parece que isso seja igual a um parto?

— A terra é mãe fértil e generosa, ela gera vidas que alimentam outras vidas — concorda Filipa.

— E por acaso já pensou que a tua vida é uma vida que sustenta outras vidas? — pergunta Bashira, a testa franzida e as sobrancelhas contraídas reforçam o tom incisivo.

— Não te entendo muito bem, Bashira — diz Filipa, enquanto eleva o olhar até então fixamente direcionado para o solo.

— Se teu trabalho faltar, imagina por acaso que dom Pretérito e dona Plácida se joguem ao chão para plantar e colher? Será que saberão preparar o próprio alimento que comem? Esfregarão o chão, varrerão o pátio? Jamais farão nada disso, não sabem, não conseguem, não querem, apesar de terem braços e pernas que os habilitem. Não te parece muito errado que tanta importância valha tão pouco, quase nada.

Filipa maneia a cabeça nervosamente querendo expressar desconforto com o assunto, já são muitas vezes que lhe é imposta a revisão das questões mais sensíveis de sua vida. As duas se aquietam, permanecem em silêncio e só depois de alguns minutos voltam a se falar. Do assunto de antes, não restou o mínimo resquício. E enquanto dão novo curso à conversa, a horta vai sendo examinada de cima, dois pares de olhos atentos.

Amplo, arejado, confortável, decorado conforme os ditames da elegância sóbria, quem não dormir bem neste quarto é porque a cabeça vai atolada em muita perturbação. Atrás do mais alto dos janelões, Pretérito e Plácida têm visão panorâmica da horta, faz tempo observam o que se passa na demarcação verde que se estende contígua ao pátio.

— Filipa é mocinha dotada de muitas aptidões, temos essa sorte — diz Plácida.

Pretérito não concorda, não discorda, braços cruzados nas costas, olhar apontado para a horta, não fosse o ritmo da respiração pesada, estaria completamente imóvel. O comentário vem depois, chega atrasado por ter que esperar a dissipação dos pensamentos, enrosco de muitas divagações.

— Sem dúvida a disposição sobra por todos os poros, mas me impressiona sobretudo a mania doida que ela tem de falar sozinha, repare quanto tempo ela passa conversando consigo mesma.

— Isso já não me é novidade, todos eles fazem isso, uns menos, uns mais, é costume trazido da terra de onde vieram — argumenta Plácida enquanto, ar de enfado, vai se afastando da janela em direção ao centro do quarto. Quando pisa no tapete, vira o corpo e percebe Pretérito ainda absorto pela paisagem lá fora. Incomodada, ela pergunta: — O que é que se passa com suas ideias?

— Nada grave — responde Pretérito que agora também caminha para longe da janela, atravessa o quarto e se senta numa poltrona de encosto comprido e macio. A expressão perturbada o contradiz. Indicador e polegar alisando o bigode, ele continua: — O novo padre da Igreja Matriz é dado a querer saber das minhas coisas, pergunta por que vou à missa desacompanhado, se tenho filhos, adverte sobre a importância de comungar com a família.

Plácida alterna passos hesitantes até estar à frente de Pretérito, a voz sai trêmula como a de uma criança temerosa:

— Permita que eu vá à missa, podia deixar que te fizesse companhia, podia deixar que eu saísse de casa às vezes.

— Por enquanto não — sentencia Pretérito.

— Todos me têm como louca, a louca encastelada.

— Vai ficar recolhida até tudo se resolver, tudo vai se resolver, é para o bem de nós dois.

O desalento se espalha invencível. Plácida leva as duas mãos ao rosto e é um artifício mínimo para quem quer se esconder por inteira. Respira devagar, vai esperando o amargo da boca se dissolver. Já resignada, senta-se na beirada da cama numa pose de recomposição.

— A propósito, não é hora da missa? — ela pergunta.

— Hoje não vou.

— Pois se não há uso para a liteira, não seria bom mandar os cativos comprarem galinhas para um almoço mais fornido?

— Já ocupei os cativos, mandei que trouxessem pipa de água. Quanto às galinhas, mando Hipólito buscar.

— Hipólito não foi junto vigiar os cativos? Essa tua benevolência ainda acaba mal. É sempre um trabalho danado recuperar cativo fujão.

— Cão bem tratado não esgarça coleira. Dou a eles alguma experiência de liberdade, demonstro minha confiança, isso é muito mais eficiente que qualquer grilhão. Eles voltam, eles sempre voltam.

O assunto prosseguiria não fosse Pretérito saltar da poltrona num susto de se perceber atrasado, já passou da hora de dar conta de uma providência. Ele caminha até a porta sem dizer a Plácida sobre suas intenções, desce as escadas, percorre o piso atapetado sob as vistas dos santos de madeira espalhados pelo salão onde é costume ajoelhar-se em devoção, aqui se reza o terço e se pratica a novena, também já foi lugar reservado à reunião com as visitas, mas isso em outros tempos, ninguém mais tem visitado esta mansão. Pretérito desce mais um rol de escadas e chega à sala de jantar, ladeia a mesa alongada, aproveita para aprumar uma cadeira em desalinho. Entre a sala de jantar e a cozinha, passa em frente à pequena entrada escura que leva até o quartinho de Filipa. Entra na cozinha e é um cheiro que logo vem esbofetear-lhe as narinas, o cheiro forte de tempero está entranhado nas paredes, nos cantos, no chão, as panelas destampadas prenunciam o preparo do almoço. Vai em direção à porta através da qual sai para o pátio atravessado a passos ligeiros, olha para a direção onde está Hipólito e lhe ordena que vá trazer galinhas. Alcança o ponto de onde avista Filipa ainda entretida em plantar e colher, os dois movimentam a cabeça, cumprimento contido, Pretérito segue para os fundos do pátio e se depara com o alojamento, doma a pressa das pernas, aproxima-se devagar, já tem muito tempo que não faz incursão nestes lados da propriedade, daí a sensação de ser intruso em seu próprio território.

A palma da mão empurra a porta carcomida, arranca dela um grito agudo, rangido tanto mais sombrio quanto o ambiente de penumbra revelado em etapas demoradas, ao que parece Pretérito também presta contas aos seus mais corriqueiros temores. Não é nada mais que um cubículo, fachos de luz se espremem pelos furos da janela fechada, incidem na forma de reta inclinada, deixando ver a nuvem de poeira que passeia suspensa pelo recinto. Pretérito saca do bolso da casaca um lenço e com ele agasalha o nariz por inteiro, abre a janela, tudo é luz instantaneamente, é uma tarefa fácil inundar a insignificância de alguns míseros metros quadrados. A inspeção não vai demorar, só o que se tem para vasculhar são dois catres.

A camada de palha sobre o catre é fina de um jeito que se Pretérito não a levantar delicadamente tudo vai se desmilinguir, mas a tarefa é feita sem açodamento, artesanato cuidadoso da investigação. O primeiro catre não esconde surpresas, debaixo da palha nada mais que poeira, uma muda de roupa surrada, aí então é que fica reservado ao segundo catre o acúmulo de suspense. Pretérito está treinado sobre como deve ser o procedimento, levanta a camada de palha como se manuseasse um pergaminho exposto em museu, não é só cuidado, age com excesso de lentidão, a paciência numa hora dessas só se explica pela extravagância de querer empurrar um pouco mais para a frente o momento da revelação. Quase não se nota o movimento ascendente do braço, mas ele sobe em avanço milimétrico e leva para o alto a camada de palha que vai se dobrando, não é o colchão dos sonhos, material muito leve, muito frágil, é impossível que alguém consiga dormir sobre ele sem que esteja esgotado pela lida intensa. O catre está quase completamente desnudo a ponto de deixar à mostra na sua cavidade rasa um pincel, mais um e agora são três e também uma paleta de tintas. Por último, o que vai sendo descoberto é um objeto ainda indecifrável, a camada de palha resiste em cobrir a parte inferior do catre, mas isso não é problema agora que Pretérito o descortina de vez, vai-se o colchão infame ao chão de terra batida. O objeto já inteiramente visível tem forma retangular, mas o mistério só vai acabar quando Pretérito desvirar as costas da tela capturada por suas mãos, segue a mania de querer fazer tudo muito devagar, adia a surpresa o tanto quanto seja aborrecido aguardar sua definição. Vai desvirando, desvira e é um susto se deparar com a face da tela, dois passos para trás por efeito da perplexidade, ele tropeça em alguma coisa que lhe esbarra a perna, tem habilidade em se equilibrar e por isso evita cair deitado em prejuízo à estrutura precária do outro catre. Recompõe-se e se apressa em olhar novamente a tela, custa-lhe crer na possibilidade daquele prodígio.

É o sorriso de Filipa que salta da tela para atingir Pretérito em cheio, o impacto vai prolongando o espanto, não é para menos se é como se à frente estivesse a própria pessoa retratada. Um pouco de tempo transcorrido, e a agitação se assenta até prevalecer a serenidade com que Pretérito passa a examinar os detalhes dos olhos, os mesmos olhos vivos, as dimensões do rosto, o mesmo rosto delicado, a cor da tinta usada para pintar a boca, a mesma boca polpuda, ele não entende como uma obra de arte possa ter cabimento bem aqui neste lugar.

Sentado num dos catres, observa a pintura pelo período em que nada tumultuoso atravesse seus pensamentos, calmaria da contemplação, mas isso acaba rápido, o amargo de uma fúria incontrolável sobe de surpresa pela garganta, a erupção de cólera o domina, o faz levantar. Enquanto se desloca atabalhoado pelo espaço curto entre os catres, elabora suposições sobre a autoria do quadro, a imagem do principal suspeito vai se formando na mente em sincronia com a força com que o punho de uma das mãos vai se fechando. Pretérito não é dado a perder demoradamente o autocontrole, já está refeito quando começa a restabelecer a ordem das coisas: os pincéis, o quadro, as camadas de palha, a posição dos catres, tudo é devolvido ao estado de antes. É dono do alojamento e do que mais estiver em volta, pode a seu bel-prazer revirar o lugar e deixá-lo na mais caótica das bagunças sem que precise prestar contas a ninguém, mas a ele interessa ser sorrateiro, tem como melhor estratégia ver e não deixar ser visto. Pretérito fecha a porta e o faz delicadamente para evitar o rangido. Retira-se do alojamento como se ali dentro não tivesse entrado.

Zinga coça a cabeça como se para fazer a memória funcionar, não há mais tempo a perder nesse esforço de revirar retrospectivas e então finalmente admite ter perdido seu melhor pincel.

— Pior será se quem o encontrou foi seu patrão, pode ser que te arranque a pele caso ele não seja muito afeito à arte das pinturas e dos desenhos — diz Jean-Baptiste, entre o gracejo e a preocupação.

Não que Zinga se incomode tanto com a possível reprimenda. O prejuízo de seu desempenho é o que lhe perturba o sossego, não sabe se vai se adaptar ao uso de outro pincel, já havia se acostumado a manejar aquele que desapareceu, aprendeu tudo sobre seu calibre, sobre o jeito como a cabeleira fina escorregava na tela. Atento ao problema, Jean-Baptiste atravessa a rua, avança apressado para o interior escuro da igreja. Metade do corpo para dentro, ele se vira e acena para Zinga que ainda está parado no outro lado da rua.

— Depressa, venha.

— Não posso, não me deixam entrar.

— Aqui todos entram. Nossa Senhora é mãe dos homens, pois então você também é filho — diz sorrindo Jean-Baptiste.

O calor diminui. Dentro da igreja quase faz frio. Sobre o piso de pedra a sensação é mais intensamente experimentada pelos pés descalços de Zinga, que vai se distraindo com a luminosidade das velas, com o formato extravagante das colunas, com o púlpito cuja utilidade para ele é inimaginável, tudo é estreia nesta visita ao interior de um templo religioso. Muitos são os detalhes a absorver-lhe os sentidos, mas é irresistível que ele agora dedique atenção exclusiva ao olhar da Mãe dos homens, ela não o encara, tem o olhar levemente erguido, faz o mesmo com uma das mãos, posição de bênção, o que para Zinga parece mais a intenção de um abraço não completamente possível porque um dos braços dela dá conta de segurar um bebê. Jean-Baptiste acessa o altar numa cadência apressada, é seguido de perto por Zinga, os dois passam muito próximos à imagem da Mãe dos homens, eis aí a chance de investigar minúcias só vistas assim a um palmo de distância, percebe-se melhor que os olhos estão muito abertos, empurram as sobrancelhas para cima e não restam dúvidas sobre se tratar de um rosto espantado, jamais haverá de ser fácil ser mãe dos homens.

Ainda não se viu um único fiel que ocupasse alguma parte dos alongados bancos de madeira, tampouco se topou com algum padre ou alguma freira a transitar pelas dependências do santo recinto, esse é um vazio muito propício à proliferação dos ecos reverberados a partir da conversa entre Zinga e Jean-Baptiste.

— Vamos por aqui — orienta Jean-Baptiste, apontando a porta estreita instalada nos fundos do altar.

— Você parece o dono do lugar — comenta Zinga ao perceber que Jean-Baptiste abre a porta com a chave que retirou do próprio bolso.

— Vez por outra desenho a igreja, exploro vários ângulos, acho que a administração eclesiástica tem gostado do resultado, mas no dia em que um desses santos vier a sair caolho, é coisa certa me tomarem as chaves.

Os dois entram na pequena sacristia completamente abarrotada de instrumentos necessários ao ritual das missas. E de fato é um lugar de dimensões acanhadas, ainda mais porque uma urna, encostada à parede, ocupa-lhe quase metade do espaço. Jean-Baptiste se aproxima dela, começa a abri-la e aí percebe ser melhor convocar a ajuda de Zinga, eles levantam juntos o peso da tampa, a madeira de carvalho impõe a soma das forças.

— Aqui dentro cabe uma pessoa — impressiona-se Zinga assim que a tampa é levantada até o limite de escancaramento das dobradiças.

— Isto é salvação — diz Jean-Baptiste em incontido entusiasmo. — Agora é só escolher o que melhor te sirva.

Zinga descobre que o interior da urna é um acúmulo de pincéis, tintas, telas, paraíso para produções de desenho e pintura, ele inspeciona cada peça, e não é difícil encontrar um pincel nos moldes daquele que desapareceu, a mesma espessura, o mesmo volume de pelos, tem-se combustão de empolgação infantil, nada mais estimulante do que estrear o brinquedo novo. Os dois vão saindo da igreja, estão de costas para a Mãe dos homens, nem sequer um olhar de relance direcionado a ela. Atravessam apressados porta afora, qualquer tempo é tempo para aproveitar alguma lição, por aí se vê o resultado da mistura entre quem gosta de ensinar e quem precisa aprender. Mas enquanto não chegam ao outro lado da rua, ocorre a Jean-Baptiste remexer em assunto que lhe tem alimentado a curiosidade.

— Por acaso ainda pretende estar cara a cara com o príncipe regente?

Os olhos pesam, desabam e miram o chão em sinal de constrangimento, a cabeça enfim balança positivamente, Zinga não sabe lidar muito bem com a extravagância de seu propósito, mas ainda assim admite a persistência do que já vai caminhando para se transformar em teimosia. Inviável ou não, a pretensão é acima de tudo um desafio, e desafios, em especial os mais insólitos, sempre atiçam o interesse de artistas desbravadores, daí que em pouco tempo Jean-Baptiste vai da curiosidade ao incentivo.

— Em alguns dias da semana, logo pela manhã, o príncipe regente mantém costume de abrir o paço para a cerimônia do beija-mão. Ele recebe nobres, plebeus e até prisioneiros, todos têm a chance de desfrutar sua real presença, na mão dele há espaço para a baba de qualquer súdito.

A conversa se desfaz, há que se aproveitar o tempo, as pinceladas saem apressadas, nunca um exercício foi feito com tamanho açodamento. Jean-Baptiste também transmite as instruções no ritmo de atropelo, olha para a torre da Igreja Nossa Senhora Mãe dos Homens e, percebendo a iminência das badaladas de hora cheia, decreta o fim da aula. Sob o risco de atraso, aluno e professor se despedem e aí a correria de todos os dias avança em velocidade maior do que a de costume. Zinga vence ruas e quarteirões até enxergar Anastácio e a liteira ainda no ponto de espera, só então acalma os passos, descansa, recupera o fôlego, vai caminhando pelo restante do trajeto. Seguro de que não vai se atrasar, ocupa o pensamento com o que imagina ser a cerimônia do beija-mão.

E até mesmo enquanto ergue a parte do peso da liteira que lhe cabe, Zinga pensa a respeito de como deve ser isso de haver muita gente que se acumula em filas para beijar a mão do príncipe regente. A cabeça distraída não o deixa perceber que Pretérito se remexe no banco da liteira, vira-se de lado, um olhar de investigação é lançado até uma das mãos de Zinga, os olhos minuciosos examinam os ossos em esforço, a protuberância das veias, a umidade brilhante do suor, o anel de sempre e também uma mancha amarela de tinta, cor teimosa em não querer se desgrudar da pele.

Os passos são dados com muito capricho, o percurso tem valor de refrigério, toda vez que Plácida vai à capela, limite de seu máximo alcance, gosta de imaginar que os poucos metros de distância são quilômetros e que a travessia pelo pátio, pela horta, pela frente do alojamento e ao redor da cavalariça é algum tipo de excursão de veraneio. Ao entrar, benze-se e dobra levemente os joelhos como sinal de reverência. Avança em direção ao altar e, quando quase na metade do corredor central, olha para a lateral direita da capela, parecendo ter identificado por instinto os movimentos vaporosos da respiração alheia. É pelo tempo de menos de um segundo que seu ato de controle consegue evitar a fuga de um grito de susto.

Anastácio está paralisado na posição vexatória de quem foi flagrado em transgressão. Sua imagem deixa transparecer que o constrangimento de ser visto pisar em solo proibido equivale à gravidade de estar nu em praça pública.

— Já ia saindo, entrei pra buscar uma galinha fujona, mas não encontrei o bicho por aqui — justifica-se Anastácio, balbuciando palavras gaguejadas.

Plácida olha para Anastácio sem reação de aborrecimento, demora alguns segundos avaliando a presença de um homem que a teme, e é irresistível saborear o domínio sobre a sorte de quem está à disposição de sua absolvição ou de sua condenação. Em pouco tempo, porém, o gosto pelo poderio se dissolve por efeito da força de uma recordação, o lugar é o mesmo, a pessoa é a mesma. Atormentada pela armadilha dos próprios pensamentos, Plácida volta a caminhar em direção ao altar, o que para Anastácio significa licença para sair da capela. Os dois se distanciam, dirigindo-se para lados opostos até que Plácida se detém, vira-se e, antes que Anastácio atravesse a porta, diz:

— Não vá ainda.

É mais que obediência. Anastácio está de volta ao interior da capela, o motor que o conduz ao longo do corredor central é movido a vibração de menino misturada à urgência de homem feito, são combustíveis nada compatíveis com o titubeio, muito menos com o recuo, esta é ocasião de não se olhar para trás. Plácida se encaminha para um canto do altar, sabe que, cada vez mais próximo, Anastácio a segue. Eles então se encontram atrás da pequena parede de madeira que separa uma parte do altar do restante da capela, divisória apropriada a servir agora de esconderijo.

Anastácio é um pouco mais alto que Plácida, de maneira que os olhos dele se abaixam e os dela se levantam, convergem para o ponto em que podem identificar o que cada rosto revela de sensações. Apesar da respiração rápida e das palpitações, Anastácio, como se em respeito a uma espécie de adestramento, aguarda um sinal.

— Ainda lembra?

— Sim — responde Anastácio enquanto maneia a cabeça como forma de reforçar a afirmação.

— Não é pra ninguém saber.

— Nunca contei, nunca vou contar.

Plácida ergue o braço, leva a mão até o peito de Anastácio e devagar vai fazendo a leitura tátil dos músculos. Não se contenta que o toque tenha o tecido da camisa como intermediário e por isso enfia a mão por debaixo dela. Ao sentir a pele da palma da mão de Plácida encostar na pele do seu peito, passeio que entontece, Anastácio enfim cede ao que é o ponto de partida do mergulho feito sem cálculos sobre consequências e contrições. Ele afasta as mechas de cabelo que encobrem o pescoço de

Plácida, abrindo caminho para o avanço de sua boca faminta, os lábios beijam, a língua lambe, essa agitação acende o cheiro do perfume de Plácida. Estimulado, Anastácio desliza as narinas pelos pontos de mais intensa incidência, quer sorver o inesquecível, quer sugar para dentro de si o máximo do que o transforme em reservatório de lembrança sensorial. Olhos fechados, Plácida procura a cintura de Anastácio e, quando a encontra, segura-a com força, trazendo-a para junto de si, precisa saber a medida do desejo que é capaz de provocar.

— Diga se sou fascinante — sussurra Plácida. As palavras são distantes, soam como se pronunciadas em outra dimensão. Anastácio, absorto, não dá conta de atendê-las.

— Diga se sou uma mulher que te revira os brios — insiste Plácida agora quase em tom de ordem.

— Tenho vindo aqui escondido. Em todas as vezes esperei encontrar a senhora, esperei que acontecesse de novo e hoje aconteceu, hoje estou feliz — confessa Anastácio, retomando a postura que o deixa ver de frente o rosto de Plácida.

Os olhos se abrem com força, sobressalto de quem desperta bruscamente. Plácida percebe que o que ouviu de Anastácio não veio do corpo, mas sim de um lugar de sensibilidades mais refinadas, uma linguagem só mesmo pronunciável pela alma. Os braços, as mãos, até então acolhedores, sensuais, transformam-se em instrumentos de ruptura ao empurrarem Anastácio, não de um modo tão vigoroso, mas o suficiente para fazê-lo compreender a radical mudança de tom. Afastados por uma distância preenchida de silêncio e constrangimento, ele se mantém praticamente imóvel, paralisia de atordoamento, e ela ajeita os cabelos enquanto olha para o chão, esse instante de vista para o tablado de madeira é feito de reflexões rápidas e perturbadoras.

— Não vai acontecer. E, aliás, nunca aconteceu — define Plácida, que ao voltar o olhar para Anastácio, já é outra pessoa.

Apressada e tentando aparentar controle sobre um corpo ainda desordenado, Plácida vai pisando forte no chão, cada passo é um estrondo, e também vai pisando no que sobrou de fantasias em Anastácio. Antes de sair, ela se vira e leva o dedo indicador à frente da boca. Ao vê-la desaparecer no clarão enquadrado pela porta, Anastácio se sente diminuído e continua diminuindo conforme percebe as paredes e o teto da capela se agigantarem ao redor dele. A crise de abatimento lhe retira o senso das coisas, e ele nem se importa em permanecer no lugar onde sua presença demorada é um risco. À medida que vai engolindo o gosto enjoativo provocado pela renúncia de Plácida, olha mais uma vez para as paredes e para o teto de madeira e então decide ir embora antes que, de tanto se notar diminuído, seja finalmente reduzido a nada.

Assim que os pássaros começam a confabular questões que não dizem respeito aos seres de vida terrestre, Zinga já está acordado e tem sido desse jeito na alvorada de todos os dias, afinal precisa aproveitar desde a primeiríssima nesga de luminosidade para praticar técnicas de desenho e pintura. É cuidadoso ao se mexer, evita dar causa a ruídos e isso em respeito a Anastácio, não se pode interromper o sono de alguém que, exaurido, nem sequer costuma ter forças para emitir algum ronco, algum mínimo ressoar.

Mas hoje é exceção, depois de atravessar a noite sem conseguir dormir direito, Anastácio se reconhece derrotado pela insônia, desiste de manter os olhos fechados antes mesmo de clarear e ainda deitado percorre com o olhar o alojamento em penumbra, não é fácil observar detalhes parcialmente visíveis. E então flagra a movimentação no catre ao lado. Zinga é ágil em preparar seus materiais, muito rápido e já ataca a tela com pinceladas ansiosas. Numa das vezes em que vai besuntar a ponta dos pelos do pincel na tinta, percebe Anastácio acordado, cumprimenta-o, recebendo de volta muito mais que um aceno, muito mais que um desejo de bom dia, se é que os dois costumam trocar votos irrealizáveis, o que vem em resposta é o início de uma conversa.

— Que boa dedicação! Que bom aluno!

— Não posso deixar escapar um pedaço de sorte, que sorte é coisa que quase nunca me vem. O pintor estrangeiro tem muita disposição de me ensinar, ele faz mágica com os pincéis, já não te disse que ele pintou a cena de nós dois carregando a liteira?

— Já e mais de uma vez. Não tem preocupação de um dia acabar mal essa coisa de viver correndo até a Igreja da Mãe dos Homens?

— Vou enquanto puder ir, só tenho a perder é se não for.

— De qualquer forma, nessa vida de só trabalhar, é muito bom que você tenha encontrado uma distração.

— Do jeito que me prendo a isso, parece que arrumei outro trabalho, mas este aqui me traz muito gosto e até me sinto livre quando o faço — diz Zinga ao mesmo tempo que mostra a Anastácio o resultado das pinceladas. Zinga não espera avaliação e, após devolver a tela à posição anterior, pergunta: — E você, Anastácio, o que poderia te fazer se sentir livre?

— Já são tantos anos como prisioneiro que nem tenho capacidade para achar alguma brecha que hoje me traga a sensação de liberdade, nem uma menorzinha que seja. Pelo que lembro, eu me sentia livre de verdade quando ajudava meu pai nos campos de plantação...

— Plantação de milho? É muito comum no sul, não é mesmo? — interrompe Zinga.

— Sim, e também muitas frutas, o mirangolo, a múcua, como faz falta ver um imbondeiro carregado de frutos! A parte de que eu mais gostava era incendiar a mata para abrir clareira, o fogo sempre me fascinou, nem tanto o fogo em si, mas sim o controle sobre ele, tacar fogo, apagar, houve tempo em que sonhava pertencer ao Arsenal da Marinha só para ser chamado às pressas e poder estar diante dele, frente a frente, e aí então escolher o melhor momento e despejar um bocado de água na direção do clarão de calor.

— Já eu prefiro a água, sou muito medroso do fogo, ele é ferramenta de mando, é cão raivoso que destruiu minha aldeia... — Zinga se cala abruptamente e é notório que não queira ampliar o assunto. Anastácio compreende as entrelinhas contidas no silêncio e toma as rédeas do diálogo:

— O encanto do fogo é que ele é como a vida, que nela vem grudada a morte, ou como a liberdade, que nela vem grudada a masmorra.

São palavras que a Zinga causam boa impressão, nem tanto pelas metáforas, mas por quererem ser afáveis e consoladoras, disso vindo a vontade meio atabalhoada de oferecer compensação.

— Ouça: ainda pinto um retrato teu — promete Zinga que, deixando de lado seu material de pintura, olha diretamente para Anastácio.

— Tenho que confessar uma coisa — avisa Anastácio em voz de relâmpago, ele se ergue e se posiciona sentado no catre, o que tem a dizer exige melhor postura. — Sou quase um velho. O patrão se comprometeu a me dar alforria com a condição de que eu treinasse o meu substituto. E é o que tenho feito.

Na cabeça de Zinga vagueiam pensamentos de confusão, o alheamento denuncia o jeito atônito de lidar com a confidência, esse aí é o preço pago por se deixar inadvertido à frente do atropelo da verdade, resta ver se daqui para adiante haverá ressentimento quanto à revelação de que o companheirismo de Anastácio tem sido em pouca, média ou grande medida um artifício distanciado daquela simpatia que nasce abnegada. Anastácio também está pensativo, vai demorando a expectativa de constatar o que suas palavras provocaram, mas talvez seja um desconforto que se compense com a sensação de ter praticado a sinceridade.

— E como vai ser depois de liberto? — pergunta Zinga sem dar mostras de guardar incômodo, o acúmulo de intempéries tem feito crescer resistência a certas sensibilidades.

— O que não falta por aí é terreno ermo, vou me arrumar num deles e depois me ponho a plantar tudo o que a terra daqui seja capaz de fazer brotar.

— Também queria ter encontro próximo com a liberdade. Evito pensar que ela me é impossível — lamenta Zinga sem preocupação em disfarçar a inveja.

Antes que Anastácio complete o que parece ser uma frase de consolo, quatro batidas na porta chamam a atenção para as vozes vindas do lado de fora, Filipa e Bashira conversam enquanto não atendidas. Assim que abre a porta, Anastácio leva pela cara o aroma da alvorada, é quase instantâneo espalhar-se pelo alojamento o perfume desprendido dos pedaços de rosca e dos pães de milho.

— Pois então perderam a hora? Mais um pouco e Hipólito vem aqui buscar os dois — diz Filipa que, além do desjejum, traz dois ramos de flores: a flor amarela cabe a Zinga, a lilás rajada de branco vai para Anastácio. — Não é só pão o sustento do homem — ela completa.

No interior das bocas agitadas, os dentes sabem muito bem o que fazer, função inata e eficiente de triturar tudo e reduzir a massa dura a farelo, mas quanto às flores, Zinga e Anastácio estão desconcertados por não terem ideia de qual destino dar a elas e isso não é comportamento que a Filipa pareça desfeita, ela inclusive se diverte com a falta de jeito dos dois em lidar com delicadezas. O alojamento é esvaziado às pressas, há o dia pela frente em que os afazeres de sempre precisam ser refeitos. Para dentro da porta que se fecha, cada uma das flores repousa sobre os respectivos catres, nunca antes se sentiu por ali ambiente mais acarinhado.

A manhã avança, e Pretérito está indiferente em relação ao que possa estar acontecendo do lado de fora da capela. Olhos fechados, joelhos sobre o genuflexório, mãos abraçadas pelo entrelace dos dedos, os lábios colados vão se abrindo levemente para sussurrar uma oração dirigida à cruz de boa madeira que por gerações permanece fixada no meio da parede baixa, sabe-se lá quantas súplicas ou agradecimentos cabem na imersão que dura desde quando Pretérito madrugou para exercitar o retiro de sua fé. Como se tocado nos ombros por uma mão que o advertisse sobre o tempo que não para, Pretérito respira longamente, interrompe as orações e consulta o relógio de bolso. Levanta-se num só movimento sem que a pressa impeça o olhar de contemplação lançado às tábuas justapostas que compõem o teto e parte de cada uma das paredes, nunca lhe parece repetitivo exaltar o capricho com o qual seus ascendentes alinharam as tiras finas de cedro, e é um orgulho que o acompanha até a saída, a porta é fechada com delicadeza, zelo de quem conserva a preciosidade de um legado.

Pretérito tem à frente visão de muitos tons de verde, a horta está especialmente viçosa por causa do período de chuvas frequentes, não que isso possa subestimar os bons tratos de Filipa. Mais adiante, as frutas penduradas nas árvores do pomar espalham cores destoantes do verde dominante, também há as que já caíram, que ao menos sirvam para colorir o chão. Pretérito passa pelo ponto onde olha de relance a fachada do alojamento, segue em passos de cautela sobre o caminho de areia e pedra, mas as pisadas se estabilizam agora que os pés alcançam o pátio formado por blocos de granito. Ao se deparar com a imagem em que Anastácio e Zinga o aguardam ao lado da liteira, nem imagina que hoje os dois se atrasaram e por muito pouco poderia tê-los flagrado em atabalhoamento; se aparecesse no minuto anterior não os veria assim em pose de estarem à disposição. Ao sinal, a liteira é erguida, Pretérito vai se ajeitando já em movimento, tem nas mãos o folheto litúrgico para o qual dá pouca atenção, não o lê, é coisa apenas de correr o olhar pelas palavras bem impressas. Em seguida, o papel é dobrado tantas vezes quantas bastem para caber no bolso do paletó. Até a missa, a distração virá de seus pensamentos.

É dia em que Hipólito não está para fazer provocações. Abre o portão em silêncio, contentando-se em demonstrar sua antipatia só por meio do olhar de ira com o qual primeiro encara Anastácio, que é quem vem trazendo a liteira pela dianteira, e depois Zinga, compenetrado na incumbência de sempre carregar a liteira pela retaguarda. Devagar, Hipólito movimenta cada metade do portão, é quase desleixo, arrasta uma tarefa singela pelo tempo que possa encurtar a ociosidade que vem a seguir. Portão enfim fechado, Hipólito avista ao longe a composição já sem formato definido, asterisco na paisagem.

Enquanto a condução da liteira segue por caminhos repetidos, Pretérito ainda procura a melhor posição, vai se remexendo numa inquietude incomum, não é só o incômodo do corpo entortado, há tribulações borbulhando dentro da cabeça, pior para Anastácio e Zinga que precisam constantemente administrar os solavancos provocados pela agitação de Pretérito. Já estão na altura da Igreja Nossa Senhora Mãe dos Homens. Anastácio dedica observação mais demorada ao pintor instalado na calçada. Pretérito passa sem ainda ter encontrado conforto, mexe-se, remexe-se, contorce o corpo, depois acontece o que é hábito acontecer neste trecho, Zinga e Jean-Baptiste se cumprimentam com a discrição dos que confidenciam artimanhas. Mais dois quarteirões percorridos para então a liteira estar rodeada de fiéis, não é exagero afirmar que isto aqui tem aparência de peregrinação. A tríade finalmente aporta, Anastácio e Zinga manobram a liteira aos pés da escadaria, vem aí o alívio de poderem deixar os braços descansarem, mas não sem o último esforço de fazer baixar a liteira, e bem lentamente que é para Pretérito não ter problemas no desembarque. E tão logo de pé, Pretérito mistura-se às muitas pessoas que sobem a escadaria em direção à Igreja Matriz. Ele atravessa a divisa entre fora e dentro, daqui a claridade natural não passa, é barrada abruptamente no ambiente iluminado por castiçais espalhados por todos os lados. Não é como nos outros dias em que agora seria ocasião de procurar assento próximo ao altar. Braços cruzados nas costas, Pretérito caminha pela lateral direita da igreja, quem o percebe assim num ritmo tão vagaroso pode com razão associar sua figura à do homem que, tal qual num museu, passa em revista os quadros que na parede retratam em sequência o suplício da crucificação. É surpresa os pés darem um giro para colocar Pretérito na direção oposta aos que ainda chegam para a missa, o retorno é feito em ziguezagues que em algumas vezes não evitam pequenos encontrões seguidos por pedidos de desculpas, é que por aqui, é bom lembrar, circulam espíritos desarmados. Pretérito tem firme intenção de sair da igreja, está a ponto de fechar os olhos pela metade, experimentará antecipadamente a sensação de ter o rosto alvejado pela claridade natural.

Eis aí a brecha de tempo que Zinga aproveita desde o primeiro instante, e se o avanço pelas ruas é feito sem a correria de todos os dias é porque hoje o propósito é diferente, o evento para o qual Zinga se dirige tem aspecto de coisa misteriosa e por isso exige um caminhar de reconhecimento, ronda em que os olhos vão apalpando qualquer mínimo sinal de novidade. Quando próximo ao Paço Imperial, é dominado pelo acanhamento de se sentir intruso, o que não necessariamente inibe o interesse pelo inusitado que o cerca, tudo é estímulo para a curiosidade agora aguçada ao máximo pelas mulheres vestidas de maneira a exibir cinturas de vespa e pelos homens escorados em bengalas, muitos deles metidos em calças justíssimas, não é compreensível como é que conseguem se deslocar assim em tamanho aperto, mas é surpresa também estarem presentes alguns prisioneiros que, acompanhando ou não seus respectivos proprietários, amenizam de certo modo o isolamento de Zinga.

Os funcionários do Paço são bons em organizar a fila, ditam instruções com a altivez inerente ao encargo pomposo de intermediar contato entre a figura régia e os súditos, não é de esperar que o príncipe regente saia sozinho a lidar com o bafejo do povo, já é muito que permita que cheguem até ele e para isso aí está a eficiência de quem administra o cerimonial, o mundo funcionaria bem pior não fosse a atuação dos mediadores. Zinga se aproxima do final da fila, permanece como seu último componente até que um velho com modos de trapicheiro se posiciona atrás dele, tem na cara semblante emburrado porque um prisioneiro ocupa melhor lugar que ele, os dois se olham brevemente, mas não se falam, reservam-se às entrelinhas do que cada uma de suas mentes diz.

Zinga está apreensivo, daí porque se assusta ao ouvir trovejar o som que vem de alguma parte do interior do Paço. Os primeiros acordes da banda de música anunciam o início da cerimônia, a fila vai começar a avançar. A mudança de um tipo de piso para outro é a medida do quanto os pés de Zinga percorreram, não é muito, mas tudo se resolve sem demora se daqui para a frente o fluxo não empacar. Para se distrair, Zinga observa o chapéu da mulher à frente, nem lhe passa pela cabeça descobrir de qual bicho depenado veio a exuberância das penas decorativas, basta a ele o passatempo de vê-las dançando ao sabor do vento. A mulher tem o braço dado a um homem que sopra para o alto a fumaça de seu charuto, também é distração tentar encontrar imagens formadas pelas nuvens. Todo esse artifício de ludibriar o tédio traz bom resultado agora que os primeiros da fila, de uma hora para outra, já ultrapassaram o arco de entrada, já subiram a escada de degraus em caracol, já são despejados para dentro do Salão das Solenidades.

Estas são solas dos pés acostumadas à agressividade das pedras pontiagudas, dos terrenos arenosos e irregulares, dos calçamentos quase sempre em brasa, não admira que então estranhem o afago recebido pelo tapete felpudo que se estende do corredor até o Salão das Solenidades. De onde espera na fila, Zinga percebe a música cada vez mais vibrante, também avista, para dentro da porta, parte dos lustres brilhosos e requintados, a partir dali cada passo faz acelerar as palpitações de um corpo ansioso, é o nervosismo de repassar na cabeça o que deve ser dito.

Quando os pés atravessam a porta, a música se agiganta, exibe-se presunçosa em seu volume máximo. Entrar no Salão das Solenidades é entrar em outro mundo, Zinga se vê espantado ao mergulhar numa atmosfera amarela de muita luz, tudo reluz, nunca pensou visitar um lugar repleto de tanta pompa. Olha para a esquerda e para a direita, percebe em cada lado da entrada um guarda imperial trajando uniforme tão imponente quanto estranho, debaixo daqueles capacetes de bronze deve fazer calor de cozinhar os miolos. Conforme a fila se desloca, mais próximo se chega ao quarteto musical, dois violinos, um cravo e uma voz de barítono, nada que impressione Zinga, ele pergunta a si mesmo como pode existir música sem a cadência dos instrumentos em que se descarrega a energia das mãos em batucada. Bem ao lado da banda, no fundo do salão, a figura do príncipe regente é o sol ao redor do qual orbitam secretários e camareiros, o pescoço esticado e a inclinação na ponta dos pés são movimentos a que Zinga recorre para conseguir enxergá-lo. A mulher de chapéu emplumado ajoelha diante do príncipe regente e então lhe é estendida a mão coberta por uma luva branca, não é hoje que os lábios dos súditos conhecerão a textura da tez real, boca grudada no dorso da mão paramentada, o beijo dura alguns segundos depois dos quais a mulher levanta a cabeça, abre os olhos, gesticula saudações de reverência e se retira pelo lado direito. O homem que a acompanha começa a cumprir o mesmo ritual e agora Zinga, o próximo, percebe que sua vez é iminente.

Não se controla um nervosismo assim, Zinga está agitado, receia não aproveitar com sucesso a oportunidade escancarada ao seu alcance, e é mesmo um grande peso exigir de si desempenho impecável em que as palavras que pretende dizer não se embaralhem. A cabeça abaixa e os olhos miram o objeto que se destaca numa das mãos, Zinga passa a girar o anel em torno do dedo, gira rápido como se por mandinga quisesse invocar inspiração para a eloquência. Não para quieto, não se resolve em qual postura permanecer, não há o que dê jeito nessa inquietude de virar o corpo em muitas direções, vai avistando a expressão concentrada de cada um dos músicos, as cortinas de veludo, cachoeiras douradas emoldurando vários janelões, e depois o pequeno toldo que encobre o ponto onde estão instalados o príncipe regente e seu grupo de assessores, se lá em cima já existe o teto, a cobertura dupla se justifica pelo requinte que sempre deve pairar sobre a cabeça real, para isso estão por aí as coroas de ouro. O homem à frente já desfez a genuflexão, levanta-se devagar, prepara-se para sair e isso é um incremento de alvoroço aos nervos de Zinga, uma torrente de calafrio lhe percorre o corpo desde a planta dos pés até os fios de cabelo, os olhos continuam varrendo o cenário e é ainda por causa do desassossego que ele se vira para os lados e para trás, melhor se não o fizesse, difícil acreditar na silhueta com a qual se depara. Na entrada do salão, bem próximo à porta, Pretérito o encara de braços cruzados.

Agora sim ele se aquieta, paralisia de susto, está imóvel sem saber o que fazer e, mais que isso, desligado do que se passa na cerimônia. Pretérito continua a observá-lo e também não se mexe, mas há a diferença de se apresentar altivo enquanto Zinga é puro embaraço, constrangimento típico dos flagrados, o pior é que não percebe que às suas costas um braço se estende, mão suspensa no ar à sua espera. Na fila, o trapicheiro ensaia reclamar da demora ao mesmo tempo que os assessores olham incrédulos para a cena, não é admissível um súdito, quanto mais prisioneiro, cometer o desaforo de dar as costas para a benevolência do príncipe regente, um deles faz sinal com a cabeça ao que a dupla de guardas imperiais atende prontamente, um braço de Zinga para cada um, eles o agarram e o retiram da fila, vai se vendo que é uma surpresa atrás da outra e é inacreditável a truculência aparecer logo no crucial do intento, Zinga se debate em vão enquanto balbucia um amontoado de argumentos que o desprezo geral reduz a palavras natimortas, ninguém se impressiona com o que é comum acontecer aos que atrapalham o bom andamento da fila, prova disso é a música em execução contínua, nenhum acorde se deixa interromper por causa do alarido. Numa das vezes em que a cabeça alterna movimentos suplicantes que vão de um guarda ao outro, Zinga repara que o príncipe regente assiste à confusão e por um instante o olhar de um se fixa no olhar do outro, é mistério o que pensam durante essa centelha de tempo, o príncipe regente enfim desvia o olhar, tem a seus pés o trapicheiro ajoelhado. Zinga vai sendo carregado para fora do Salão das Solenidades e quando está próximo à porta não enxerga Pretérito, não encontra nem sombra dele em parte alguma. Os guardas conduzem Zinga para fora do Paço Imperial, só na rua é que se desatrelam de cada um dos braços até então mantidos em detenção firme, se pela força tudo se resolve mais rápido, ao poder são dispensadas as minúcias da delicadeza. Também esbravejam advertências e ameaças que é para deixar claro que Zinga está proibido de retornar ao Paço, nem era preciso tanto, ele se afasta para longe por conta própria, talvez fosse melhor fugir e evitar a reprimenda, sabe-se lá a gravidade do castigo que o espera, mas ser prisioneiro nestas terras estrangeiras não admite alternativa quanto à escolha de um novo destino, a prisão é coisa da qual não se livra, Zinga a carrega como fardo pregado à nuca, todos o percebem, e ele, sem que necessariamente o veja, sente seu peso por onde quer que vá. Além disso, há dentro dele uma bússola que o orienta a seguir caminho para onde tenha alguma chance de tentar se explicar, não saberia conviver com a pendência que já lhe incomoda o juízo e é por isso que então, sem mais demora, toma o rumo da Igreja Matriz.

É estranho Anastácio preservar o mesmo semblante de todos os dias, expressão entediada de quem depende dos outros para encerrar a longa jornada de vigilância. Tudo na mais intacta normalidade, nenhum sinal de apreensão, nenhum aviso sobre o porvir catastrófico, Zinga vai se aproximando de Anastácio enquanto examina com desconfiança a calmaria de cada detalhe ao redor, para em silêncio na expectativa de ser noticiado, mas só o que recebe de Anastácio é um olhar de confusão, que é a falta de entendimento quanto ao rosto que se apresenta a ele em assombro. Os dois estão para iniciar conversa quando, como se por instinto, viram simultaneamente para o lado e avistam a chegada de

Pretérito. Envergonhado, o olhar de Zinga foge rápido na direção em que evite contato, a cabeça verga em derrota, agora resta ouvir a sentença que decretará a aplicação do castigo. Pretérito, porém, não aparenta qualquer desequilíbrio em seu humor, é quase certo afirmar que esteja entediado, caminha com indiferença até o assento da liteira de onde se limita a acenar um gesto de comando. A liteira é erguida e segue viagem de retorno. Ao longo do percurso é que Zinga, em meio a trancos, curvas, ladeiras, finalmente abre espaço na mente para nela desaguar uma grande lamentação, desponta-lhe no pensamento a recapitulação do drama em que por força de um fiapo de azar não conseguiu ter acesso ao príncipe regente. Mais angustiante que isso é a imagem de Pretérito que agora se forma por rememoração, olhar severo, braços cruzados ao lado da porta do Salão das Solenidades. Zinga vai remoendo a esquisitice que há nisso tudo, não compreende por que deixou de ser repreendido. Empunhar a liteira pesa menos que uma preocupação, Zinga receia que o castigo ainda esteja por vir.

Não veio. Passaram-se semanas sem que o castigo desse as caras, tempo suficiente para afrouxar cismas e cautelas, e é por isso que Zinga continua a visitar Jean-Baptiste, não se sabe onde termina o hábito e onde começa o vício.

— É hora de enfrentar um desafio diferente — provoca Jean-Baptiste. Ele aponta para um cão de rua que fareja a calçada da Igreja Nossa Senhora Mãe dos Homens e diz: — Observe bem o contorno dos ossos, o rabo fino, a magreza evidenciada pelas costelas bem protuberantes, perceba que a cor da pelagem não é tanto um bege nem tampouco um castanho muito escuro, pois então traga todos esses detalhes para a tela.

As mãos já estão ocupadas por pincel e palheta. Mal encerradas as instruções e Zinga dá início à tarefa, não há titubeio para aluno tão interessado. O jeito de encarar a tela é a compenetração de quem sente vontade de mergulhar no profundo do branco ainda indevassado. Olhares rápidos vão sendo alternados entre as pinceladas na tela e o cão, que, arisco, perambula de um lado para o outro sempre com o nariz grudado ao chão, e é difícil acompanhar tamanha inquietude, tanto assim que Zinga interrompe seus movimentos acurados de aspirante a artista e, depois de suspirar longamente, pondera:

— Ele não quer parar sossegado, faz o que bem entende, ninguém se mete a capturá-lo. O bicho é muito mais afortunado que eu.

Até então evitando a proximidade que pudesse inibir seu pupilo, Jean-Baptiste se desloca para perto de Zinga, de um ponto ao outro vai abandonando a pose de mestre para assumir postura paternal.

— Ao menos nas vezes em que manusear tintas, misturar cores, ao menos enquanto estiver pintando e desenhando formas, aí então poderá sentir o gosto de ser livre, e ninguém se meterá a capturá-lo.

Zinga contrai grande parte dos músculos do rosto num esforço de traduzir a metáfora para alguma linguagem que lhe seja inteligível. Passa algum tempo em reflexão até o pensamento produzir uma conclusão.

— Já imaginou como é ser um de nós?

Jean-Baptiste faz careta de desentendido, forçando Zinga a aperfeiçoar sua pergunta.

— Costuma desenhar prisioneiros. Quando faz isso, tenta se colocar no nosso lugar? Ou simplesmente copia o que vê, assim do mesmo jeito como estou fazendo com aquele cão?

O silêncio de Jean-Baptiste tem um pouco de embaraço e muito de cálculo, não é uma resposta que possa ser dada de afogadilho. Agora é ele quem demora num aturdimento de não encontrar palavras adequadas e de tanto se embaralhar na construção de argumentos e suposições resolve enfim se render à verdade pura e simples, curta e grossa:

— Até se tentasse não conseguiria. É impossível.

Nenhum dos dois leva o diálogo adiante, precisam de tempo para, cada um à sua maneira, digerir o teor da conversa. Jean-Baptiste volta a se afastar e vai cuidar de seus materiais de pintura e desenho, recolhe pincéis, lápis e tintas numa caixa de madeira, faz tudo isso de maneira mecânica, por trás dos olhos muito abertos e quase sem piscar, há pensamentos que o arrastam para a revisão do que tem feito como missão. Zinga, por sua vez, estica o braço para verificar o dorso de uma das mãos, sabe o jeito de deixá-la na exata posição em que o anel incida o melhor do seu brilho. Depois se apressa em retomar a pintura interrompida, precisa aproveitar que agora o cão, ocupado em mastigar o que garimpou do chão, permanece enfim imóvel em pose de modelo.

Nas imediações da Igreja Nossa Senhora Mãe dos Homens, uma

das esquinas formadas por ruas estreitas é propícia à camuflagem. De esgueira e habilidoso em manter distância que dificulte sua identificação, Pretérito observa Jean-Baptiste e Zinga desempenharem atividades próprias à relação de mestre e aprendiz. Sente curiosidade, mas também certa tensão que o faz questionar a si mesmo a razão de estar metido na situação de espectador incógnito. De repente puxa do bolso o relógio, confere as horas e se retira depressa, percorre as ruas pedregosas sem descuidar de seu andar elegante, se bem que em alguns trechos se vê obrigado a desviar o olhar que é para evitar ter que responder a algum cumprimento, avançar pelas próprias pernas não é nada refinado para quem se habituou a desfilar por aí a bordo de uma liteira. Quando já de volta à Igreja Matriz, preocupa-se em acessá-la pelo lado da escadaria em que Anastácio, estacado em guarda entediada, não consiga vê-lo passar. O cântico de ação de graças é indicativo de que a missa está pelo fim. Na direção contrária às pessoas que deixam a igreja, Pretérito se encaminha até próximo do altar, avista um genuflexório já completamente desocupado e vai ajoelhar-se nele, isso serve tanto como proveito para uma oração quanto para esperar que o padre se apronte para a próxima incumbência de desencardir a alma dos pecadores.

A cabine de madeira parece ter sido modelada para acomodar as medidas franzinas do padre. Quando ocupada, só o que sobra, além do corpo perfeitamente encaixado, é o volume de ar que se respira ali dentro. As olheiras e as bochechas caídas, massas de pele querendo se desprender do rosto, dão ao padre aspecto de esgotamento, o que contrasta com a disposição da voz, entonação firme e vibrante de quem fala em nome das causas divinas.

— Viver é trilhar pelo caminho que nos vai sendo iluminado pela chama de Deus. Questionar seus desígnios é, portanto, arrastar-se pelas sombras — adverte o padre, olhando através das minúsculas janelinhas quadriculadas que o separam do penitente.

— Mas é que não me parece compreensível o fado que paira sobre minha vida — lamenta Pretérito.

— Ora, muitas vezes o governo vindo dos céus não é alcançável ao nosso entendimento.

— Peco ao não me resignar?

— Será virtuoso se perseverar na comunhão com os planos do Pai.

De joelhos sobre um pequeno banco acolchoado, Pretérito levanta a cabeça sem fixar a vista em algum detalhe do teto em especial. Penteia os fios do bigode com a ponta dos dedos num gesto que reflete desconforto e, aos sussurros, começa a desentranhar particularidades:

— Desde meu bisavô, passando pelo meu avô e pelo meu pai, a família acumulou muito dinheiro, muitos imóveis. Graças a isso administro fortuna, vivo de renda, tenho influência a ponto de a qualquer tempo poder reivindicar que façam de mim um visconde. Mas, padre, onde está o sentido disso se, por capricho misterioso, estou impedido de dar continuidade genealógica ao fluxo dessas conquistas?

— Seja como for, mantenha-se vigilante para não dar asas a pensamentos de blasfêmia — diz o padre agora em tom de voz bem menos vigoroso, a fala suave e em pausas tem pretensão de transmitir ensinamento.

— O fato é que minha natureza não tem se conciliado com o incontornável.

— Pois então, numa perspectiva de compensar o infortúnio com o bem feito, por que não considera trazer sua esposa ao convívio da eucaristia?

— Não é tempo — responde Pretérito propelindo as palavras num jorro, reação de susto pela recomendação inesperada.

— Por caridade, amenize a frustração que certamente a atormenta — insiste o padre.

— Não agora. Faço pelo bem dela. O senhor sabe que os rumores já correm. A maledicência é igual a rastilho de pólvora, sempre haverá quem cochiche mais alto coisas do tipo tronco oco, árvore seca, pomar sem fruto, e então como vai ser se ela perceber um olhar enviesado, um comentário inconveniente?

— Enfim, persevere em orações, reflita, deixe o exercício da fé trazer calmaria para o mar revolto que tem inundado a tua razão, lá do alto certamente virá a revelação de que a você caberá a missão de dar nobre serventia ao que não poderá transmitir por herança. E de nossa parte, aqui estaremos disponíveis. Seremos candidatos a ajudá-lo a ser benfeitor das obras indulgentes da santa igreja, conforme seja vontade de Deus.

O padre ainda discorre o epílogo de sua reservada pregação quando Pretérito começa a se levantar. Já não suporta mais a impaciência de estar submetido a uma confissão prolongada. Pela grelha que divide os compartimentos do confessionário, o padre recebe um cumprimento de despedida, aceno econômico. Conforme Pretérito vai se afastando em direção à saída, suas passadas firmes produzem o sapateado monocórdico multiplicado em ecos que planam pela amplitude da igreja vazia.

Pretérito está no topo da escadaria da Igreja matriz e dali avista, lá embaixo, a liteira posicionada sob a guarda de Anastácio e Zinga. Desce devagar, a cada degrau a menos para por alguns instantes, toda essa lentidão se explica pela vontade de saborear mais demoradamente a normalidade das coisas, nada falta na imagem em que a dupla de sempre o aguarda em sentinela disciplinada. Sentado na liteira, é acometido pela fome manifestada por resmungos abdominais, faz então o gesto de comando e ordena que a viagem seja rápida.

O dia já vai pelo meio da tarde, e a temperatura, bafo difuso, faz das costas de Zinga superfície escorregadia e brilhosa. O peso da tora de madeira carregada no colo impõe aos braços tanto esforço que seus músculos se avolumam a ponto de estarem próximos de esgarçar a pele para então, nessa expansão descomunal, exibirem-se completamente expostos como se brotados da casca de um ovo.

Não há calçamento numa pequena parte do piso. Zinga escolhe esse local do pátio para descarregar a tora de madeira, que vai ao chão ao mesmo tempo que um gemido escapa em alívio. Ele se retira e sem demora retorna portando um machado. As duas mãos se entrelaçam em torno do cabo. A ferramenta é levantada do mesmo modo como seria feito com uma espada medieval na iminência do ataque. Vai ao alto e começa a descair para trás, passando por cima da cabeça e enfim pendendo em paralelo às costas. Neste ponto, sob o sol, o anel em um dos dedos e a lâmina afiada dialogam por meio de suas cintilâncias.

Os dois braços jogados para trás levantam o machado numa impulsão que o faz repetir em sentido contrário o movimento anterior. Quando começa a descer a partir da maior altura, sua velocidade é incrementada pela gravidade, e é mesmo uma queda instantânea culminando com o ataque violento da lâmina contra a madeira, penetração profunda, explosão de lascas. Zinga faz força para arrancar o machado do talho em que a lâmina se meteu, veio profundo e largo. Depois que consegue, volta a levantar o machado para em seguida deixá-lo cair de encontro à tora de madeira, e isso por muitas vezes seguidas, os movimentos vão se tornando mais rápidos e violentos, fúria de catarse, a cada golpe esvoaçam espirros de suor em direções aleatórias, e os suspiros dão o tom do vigor em declínio, o fôlego vai se esgotando até que já esteja espalhada pelo pátio quantidade suficiente de pedaços de madeira. Machado deitado ao chão, Zinga recolhe devagar o que servirá como combustível para o fogão a lenha.

Por trás do janelão do quarto, manuseando a cortina como quem alternadamente abre e fecha uma escotilha, Pretérito assiste à coreografia bruta com que Zinga despedaça a tora de madeira. O trabalho está feito, Zinga leva a carga segmentada para fora do campo de visão de Pretérito, cujos olhos ainda permanecem cravados no pátio vazio. Por instantes, são olhos ocupados menos em ver e mais em pensar. Despertado do torpor pelas próprias mãos levadas a esfregar o rosto nervosamente, Pretérito se afasta do janelão e logo se depara com a imagem do quarto. Não reconhece de imediato o ambiente. Piscar os olhos com força é o remédio para curar a amnésia repentina, tudo volta a ser familiar, a cama, o oratório, o camiseiro. E também, no outro lado do quarto, surgida assim que a aura turva de atordoamento se dispersa, a silhueta de Plácida. Sentada num banco mocho, ela escova os longos cabelos recém-libertos de um coque. Pretérito força a vista, está perturbado, o corpo inteiro é inundação de muitas perturbações, e não tarda que isso estoure. Avança, atravessa o quarto, a silhueta à frente delimita os contornos de uma providência urgente.

Plácida solta um grito curto de susto quando a escova lhe é tomada e atirada ao chão. Pretérito a agarra pelo pulso e a faz levantar. Por causa disso, o banco mocho tomba discreto sobre o tapete, mantendo elegância até na queda. Os braços de Pretérito enlaçam o corpo desprevenido de Plácida, ele a empurra, passos desgovernados, dança desvairada, os dois se deslocam aos tropeços até as costas de Plácida se chocarem contra a parede.

— O que é isso? — pergunta Plácida, olhos muito abertos, respiração rápida.

Pretérito não responde, e nem vai responder agora que leva a boca ao pescoço de Plácida. Os lábios carimbam beijos abrutalhados, os fios do bigode se eriçam e arranham a pele retesada. Plácida ensaia resistência, tenta se desvencilhar do abraço que a rodeia num aperto de cárcere, mas é instintivo que Pretérito aumente a força com a qual esprime seu corpo no dela. Entre Pretérito e a parede, Plácida é o recheio a ponto de ser esmagado. Ela então se aquieta, desliga abruptamente todos os movimentos de relutância e balbucia uma convicção.

— É impossível.

Por um momento eles se encaram, Pretérito tem no rosto e no pescoço veias intumescidas. Depois de alguns segundos em que o silêncio vaga pesado pelo quarto, ele ergue as mãos na direção do busto de Plácida e começa a desabotoar o decote até quando a impaciência impõe que com um só ato a blusa seja rasgada, os botões saltam, o tecido desfia. Pretérito precisa flexionar os joelhos para poder ajustar a língua aos seios à mostra. As lambidas, intensas, animalescas, vão deixando rastros de umidade viscosa nos relevos da pele.

— É impossível — murmura Plácida repetidas vezes para si mesma, o olhar elevado ao teto parece cego.

A mão de Pretérito desce, chega à barra da saia, suspende-a com pressa, encontra por baixo dela a ceroula que, agora por meio das duas mãos, é puxada para baixo e cai encobrindo os pés de Plácida. Pretérito recorre novamente ao abraço opressor para conduzir Plácida a outro ponto do quarto. Param à beira da cama, sobre a qual Pretérito joga o corpo sem ânimo de Plácida. Ele faz menção de se lançar em cima dela, mas antes, desajeitado, abre a braguilha para em seguida enfiar a mão na calça, puro desgosto, o que encontra está inalterado, volume inerte, sem vitalidade, negação em forma de carne inanimada.

— Maldito — esbraveja Pretérito.

As cortinas tremulam por efeito de uma rajada de vento, o barulho que fazem preenche o quarto inteiro. Nada sobrou do frenesi. Pretérito reconhece a derrota, fecha a braguilha e vai recuando com passos demorados, os pés pesam toneladas. Ele aumenta sua distância para Plácida como se quisesse se afastar da vergonha. Ao se aproximar da porta, vira-se de costas para o quarto, leva as mãos à cintura e abaixa a cabeça, está imóvel, reflexivo, pose melancólica. A esta altura, Plácida já se recompõe. De pé, ajeitando a blusa devassada, ela interrompe a mudez até então havida entre os dois:

— Para que insistir se o resultado é sempre o mesmo? Para que me submeter a uma situação de tamanha humilhação?

Pretérito não reage, mantém-se intacto em sua postura de alheamento, e essa indiferença é a centelha que faz explodir de vez a irritação de Plácida.

— Não é pelo que os outros possam dizer, não é para me preservar. Não me deixa sair desta casa porque tem receio que eu me entregue ao primeiro que cruzar meu caminho — brada Plácida com expressão enfurecida, toma fôlego e desfere o golpe de misericórdia. — E é o que eu deveria fazer se com você é impossível.

Pretérito vira-se na direção de Plácida, ameaça tomar uma atitude qualquer, mas enfim refuga, vai murchando até aparentar completa apatia, já é muito de energia que a frustração lhe tem arrancado. Volta-se novamente para a porta e a abre, vai sair do quarto, mas antes seus ouvidos são alcançados pelo que Plácida diz:

— Tenho pena de mim e tenho ainda mais pena de ti, que não consegues saber o que é amar.

Foi ideia de Filipa. Anastácio recusou, sente dor nas costas e pretende passar o dia inteiro deitado para recuperar a disposição. Já Zinga nem sequer titubeou. Passear além dos limites do casarão é a melhor maneira de aproveitar a folga, ocasião tão valiosa. Até chegarem ao portão e depois de atravessá-lo, dão pela falta de Hipólito, é dia de folga estendida a todos.

— Vou te levar ao lugar mais alto da cidade — anuncia Filipa que aponta o dedo na direção do horizonte.

— Aquele é o morro em formato de corcova. Olho para ele todos os dias — entusiasma-se Zinga.

Logo no início do percurso topam com outro prisioneiro envolto por um amontoado de galinhas amarradas pelos pés e presas em feixes de três e quatro. Há as carregadas à mão e as penduradas a uma corda enlaçada nos ombros do prisioneiro, fazem estardalhaço, batem asas, todas estão de bicos abertos como se gritassem, os olhos confusos veem tudo de ponta-cabeça, e essa agitação até que serve de boa propaganda, afinal aos compradores é sempre suspeita a aparência nada saudável dos animais mais amuados. Filipa puxa assunto e de imediato o vendedor de galinhas se apresenta como alguém do tipo bem conversador, já em pouco tempo revela que as aves são criadas nos subúrbios da cidade e serão vendidas em proveito de quem é proprietário dele. A conversação entre os três se prolonga e para eles é muito satisfatório exercitar a língua completamente incompreensível às pessoas ao redor, elas passam de cara feia, em parte por não admitirem a intrusão de idioma forasteiro, em parte por não entenderem a conversa alheia e em parte pelo despeito de não serem poliglotas.

Filipa e Zinga se despedem do prisioneiro vendedor de galinhas e seguem pelo caminho onde dali a alguns metros se deparam com um menino que vem correndo ao encontro deles, ele tem o rosto manchado de branco e é perseguido de perto por outro menino em cujos braços estendidos carrega um tabuleiro cheio de bolinhas de polvilho. Num acesso de empolgação, Filipa pega uma delas com o cuidado de não a deixar desmanchar entre os dedos, o sorriso de traquinagem anuncia o ato muito rápido de atirar a bolinha de polvilho contra Zinga que consegue bloquear o ataque com as mãos espalmadas, não fossem elas, o rosto estaria manchado do mesmo modo como o do menino ainda em correria de fuga. Mais um pouco à frente, passam no meio das pessoas entretidas em festejar, gritar, gargalhar, a algazarra entre eles se deve a uma guerra, batalham municiados de bolas de polvilho branco, água esguichada, limões de cera, se não se apressarem, Filipa e Zinga logo estarão ensopados pelo que vem da artilharia.

— Sempre tive vontade de brincar o entrudo — diz Filipa a Zinga enquanto os dois aceleram os passos.

Ao dobrarem uma esquina, deparam-se com o inusitado, diminuem o ritmo das passadas para observar em detalhes a curiosidade da cena em que o chefe de família, vestido de chapéu bicorne, sai de sua casa para passear, anda seguido por todos os seus filhos que, conforme o hábito, estão enfileirados por ordem de idade, do mais novo para o mais velho tem-se a escadinha ascendente. Ao final da fila, a mãe grávida de um filho a mais caminha acompanhada por uma aia e um prisioneiro recém-comprado, aspecto juvenil, constrangido por ainda não saber bem como se portar, vai aprender com o tempo à custa de castigos e reprimendas, nada que passe perto da cordialidade, é para ele que Zinga dedica um olhar mais demorado de compadecimento. A fila serpenteia entre obstáculos e quando já vai longe, Filipa cutuca o braço de Zinga a querer alertá-lo sobre o tempo.

E é assim, ao longo do percurso não faltam acontecimentos que fazem de São Sebastião um aglomerado pulsante. A cada trecho vencido é muito que Filipa e Zinga testemunham a agitação urbana. Oito carregadores de cangalhas se aproximam, quatro à frente, quatro atrás, eles levam apoiadas nos ombros varas compridas nas quais estão amarradas cordas que envolvem um imenso tonel de aguardente, o peso se mede pelos olhos fechados de esforço. Por todos os lados lá estão as lavadeiras voltando do riacho que corre nos arrabaldes da cidade, exibem bem no fundo das expressões sisudas o orgulho por dominarem a técnica de equilibrar infalivelmente gigantescas trouxas de roupas na cabeça. Saído de uma venda, o curandeiro paramentado por trajes coloridos traz a novidade numa bolsa a tiracolo, e é como alimento caído em água de peixes famintos, muita gente se junta ao redor dele com intenção de comprar os chifres de boi que uma vez pendurados ao pescoço servem como talismã curativo, amuleto para afastar todo tipo de enfermidades. Zinga chama a atenção de Filipa para o que é visível através da fresta da porta de um galpão, lá dentro dois prisioneiros andam em círculos, empurrando a hélice de madeira que movimenta a moenda em torno da qual dois outros prisioneiros vão extraindo o caldo do bagaço de cana prensado. Filipa e Zinga decidem entrar e em pouco tempo já estão de volta depois de se refrescarem com copos de capilé, quase não se dão conta do carro de boi entupido de capim ali tão pertinho, eles então correm para o canto da rua graças ao grito de aviso da prisioneira vendedora de leite que carrega pela alça uma lata lacrada a cadeado. No resto do que ainda existe de povoamento, cruzam com algumas liteiras a caminho da cidade e param para assistir ao que julgam ser o máximo da habilidade, o manuseio arriscado e ao ar livre de navalhas e tesouras das quais se valem dois barbeiros nômades muito compenetrados em prestar obediência à vaidade da sua clientela. E agora a partir daqui não se vê mais ninguém, só o que Filipa e Zinga têm pela frente é o severo abraço da mata.

Por mais que lhe seja costumeira a exigência do corpo pela lida pesada, Zinga não resiste aos primeiros metros de aclive sem que a respiração já lhe saia desabalada pela boca, não é algo que passe despercebido à zombaria de Filipa, ela, que é leve feito pluma, não faz qualquer esforço, sobe como se levitasse. Os rastos gravados no barro seco da trilha são dos cascos de mulas de carga que ali transitam com frequência. A subida se embrenha por onde os habitantes nunca haverão de colaborar com o silêncio meditativo, esgoelam-se, não poupam espalhafato na recepção dos visitantes. Guincho cortante, os saguis são os mais ruidosos. Zinga comemora ao conseguir ver um deles de perto, também se impressiona com a atmosfera borrifada de umidade ligeiramente fria e com as nuances de verde que tingem a vegetação em tudo diferente da que existe em seu lugar de origem. Filipa sorri e é um sorriso que se estende para dentro dela por efeito da satisfação imensa de ter propiciado a Zinga euforia de criança curiosa. Falta pouco. Bem próximos do topo, Filipa corre em direção a Zinga e lhe tapa os olhos com a palma da mão.

— Surpresa. Só vai poder ver quando eu deixar — diz ela enquanto, com a outra mão, conduz Zinga pelo braço.

O mirante se alonga sobre o cume do morro, tem-se a impressão de que flutua. Filipa faz contagem regressiva, quatro, três, dois, um, a mão é afastada com a mesma elegância das cortinas que se abrem para a revelação do espetáculo. Há reações indomáveis como é exemplo o berro de Zinga que sai numa explosão curta. Ele nunca antes subiu tão alto e por isso não imaginava que, visto por outro ângulo, o mundo pode ter seu encanto.

— Como somos pequeninos lá embaixo! — a exclamação em voz

sussurrada é meio-termo entre reflexão feita de si para si e algo dito a Filipa.

— Chegamos à porta do céu — ela brinca.

— Eu quase posso tocar nas nuvens — alegra-se Zinga ao avistar um pedaço de névoa muito próximo a ele.

— Olhe. A cidade de São Sebastião é abraçada pelo mar. Lá está a montanha de pedra que parece um cone. Para além dela é só mar, é o mar que nos trouxe — aponta Filipa com as duas mãos como se uma só não bastasse para exaltar a importância do alvo.

— Para além dela é onde fica minha terra? — pergunta Zinga.

Filipa mexe a cabeça em sinal afirmativo e acrescenta:

— Não acha curioso que eu tenha o mar como minha terra? Nasci sobre o embalo das ondas. Embora não seja livre, não pertenço a lugar algum.

A descontração de Zinga desaparece, o rosto se fecha numa expressão de piedade, esta é a primeira vez que presencia o ânimo de Filipa descer tanto a ponto de se arrastar e já ser tristeza. Na cabeça, uma vontade acanhada de ter contato faz a mão decolar, voo lento, hesitante, o pouso nos ombros dela é feito com cuidado, quase não se nota o toque.

— Em que pensa quando se imagina liberta?

— Penso em me alfabetizar para saber como é ler, dona Plácida parece tão sabida quando passa horas com um livro à sua frente. Penso em usar as roupas que eu quiser, penso simplesmente em ser uma mulher que decide os rumos da própria vida — a resposta dita de imediato revela que a questão já é íntima às ideias de Filipa.

Os dois se recolhem a seus respectivos silêncios enquanto, feição compenetrada, Zinga vai gestando uma perturbação, ameaça dizer alguma coisa por uma, duas vezes e finalmente expulsa de si palavras gaguejadas.

— É hora de sermos livres por nossa conta. Só pela fuga temos chance. Aceita fugir comigo? — a convocação é feita num tom confidencial dispensável, afinal só o que os cerca é o testemunho das aves em nada curiosas em se inteirar sobre assuntos alheios.

Atenção fixada na paisagem, Filipa vira-se subitamente para Zinga, ao que ele reage recolhendo a mão até então ainda pousada nos ombros dela. Ela o encara e sorri com desânimo, aos poucos o olhar é tomado por um tipo de condescendência muito assemelhada à da professora que se defronta com a ingenuidade de um aluno.

— Até se alcançarmos léguas e léguas de distância, para onde quer que seja o destino da jornada de refúgio, ainda assim carregaremos grudada na nossa pele a condição de sermos peças, e aí é que nada vai mudar, estaremos sempre disponíveis à captura de quem queira se apossar de nós.

— Escapamos e vivemos escondidos, teremos sustento do que conseguirmos plantar, não parece pior do que continuarmos indefinidamente cativos — insiste Zinga sem tanta convicção.

— Ouça o que eu já te disse, não estamos bem, mas estamos onde não podia ser melhor estarmos.

— Mas assim é que vamos acovardados para sempre.

Filipa levanta a cabeça e logo fecha os olhos de modo a protegê-los da incidência de luz. Retorna o olhar à paisagem, respira com força e diz:

— Ora, não se lembra de como é feita a travessia em um tumbeiro? Não nota o tamanho da força que oprime nossa capacidade de resistir? É a força que nos equivale a um cavalo de carga. Por acaso a algum cavalo de carga é admitido ter vontades, planos, dores, sonhos? Nem sequer fugir é uma escolha. Ou nos esmagam ou muito rápido fazem reposição à custa de mais e mais prisioneiros. — Ela ergue as mãos para esfregar o rosto, recupera o fôlego e continua: — Isso não se resolve pra já, é coisa que nos exige a persistência de ir dobrando aos poucos a conjuntura. Talvez eu não sobreviva para ver essa força cair, mas tenho esperança de ao menos presenciar meus netos libertos.

— Então passa pela sua cabeça ser mãe? — Zinga saca a pergunta com velocidade de rajada, um ato de coragem. Se hesitasse, deixando-a demorar, certamente não a faria.

— Houve o tempo em que eu não queria. Detestava a ideia de transmitir a uma criança a condenação de nascer e viver sem liberdade. Mas hoje percebo que os descendentes de todos nós prisioneiros são sementes indispensáveis, são gritos lançados ao futuro, só mesmo por meio deles é que a luta se põe a acompanhar a andança do tempo.

Zinga abaixa a cabeça e encontra na mão o anel com o qual passa a se distrair girando-o de um lado para o outro ao longo do dedo, eis a maneira de aliviar a confusão que sente. Está encantado com cada palavra que amolda o pensamento de Filipa e ao mesmo tempo julga-se insensível por não se importar neste instante com questões que avançam pelo futuro ou retrocedem ao passado. É também invadido pela desolação de perceber que nos últimos minutos tem relegado a segundo plano reflexões sobre as mazelas de sua gente. Enfim, o que deseja mesmo é se dedicar inteiramente ao desfrute da situação imediata e individual de ser a pessoa a quem Filipa compartilha a companhia e destina a fala, o sorriso, os gestos, não fosse o agora esse foguete etéreo, tentaria agarrá-lo com as unhas nem que para forçar um mísero atraso, mas nessas circunstâncias a crueldade do tempo está na sua intransigência, escapa inapelável, é impiedoso em não durar, e a Zinga resta ir preparando lugar na memória para acomodar cada minúcia de recordação do que até então tão presente já é quase passado.

Filipa de repente alonga os braços para os lados e deixa que o vento a abrace. Zinga acha graça e faz o mesmo, ambos de braços abertos sobre a extensão da cidade em miniatura, há morros espalhados por toda parte, há o mar que se agiganta até a faixa do horizonte. E ficam assim enquanto uma lufada mais forte provoca passos para trás, carícia bruta que se dispersa ao se chocar com os rostos, com as pontas dos dedos. O sopro do vento vai se abrandando aos poucos, transforma-se na brisa de fim de fôlego, nesse ritmo de lentidão é que Filipa e Zinga abaixam os braços e, ar já paralisado, dão conta de que é hora de retornar. Saem do mirante e andam de costas para aproveitar um pouco mais a vista da paisagem. A sensação de tempo espremido, quase esgotado, parece ser alavanca para a revelação dita em urgência:

— O nome que minha mãe me deu é Yahimba — dispara Filipa em tom de anúncio improrrogável.

Na descida, Zinga brinca de embaralhar as letras entre dentes, lábios, língua, saboreia cada sílaba, pronuncia baixinho e por várias vezes o nome que lhe soa tão mais natural, Yahimba, Yahimba, Yahimba, olha para o lado e já começa a perceber menos Filipa e mais Yahimba, e essa novidade tem algum efeito em lhe agitar as perspectivas sobre haver boas surpresas escondidas no que a partir de agora está por vir, sente muita vontade de falar de sua esperança, de sua emoção, um tanto de frases interrompidas se acumula na garganta, nó instransponível, o congestionamento bloqueia a saída da confissão que vem arrancada do mais profundo reservatório de sensações íntimas. Zinga respira acelerado, em parte pela caminhada, em parte pela ansiedade por não saber o jeito caprichado de se expressar, e na falta da fala bem-acabada, mantém-se contido, deixa para depois o momento em que consiga desabafar com esmero sua declaração.

Feito em declive, o caminho de volta é muito mais rápido. Quando alcançam as proximidades da cidade, Filipa avista um arbusto pontuado de flores rosadas e avança entusiasmada na direção dele como quem corre de saudade para abraçar alguém egresso de algum campo de batalha.

— Veja, são camélias — ela diz ao examinar de perto o arbusto.

É tempo em que as sementes saltam das flores. Salpicadas por toda a folhagem, as mãos treinadas de Filipa as recolhem com cuidado reverencioso, o manuseio de jardinagem conhece a grande diferença entre trato e violação. Por isso é que Zinga não se arrisca a ajudar, não é mesmo recomendável que as camélias estejam temerariamente submetidas a movimentos desastrados. Enquanto aguarda, ele se distrai com ocorrências banais, o voo de uma borboleta, de um pombo, o andar vagaroso da lavadeira, e aí então é um susto quando a comitiva se aproxima, cavalos arfantes despejam babas por onde vão passando, estão montados por homens em trajes militares e a cadência com que trotam faz ressoar o batuque seco e ritmado dos cascos em contato com o chão pedregoso. Logo atrás da comitiva, uma penca de moleques corre em algazarra, todos simulam cavalgar seus cavalos imaginários. Filipa nesta altura já está posicionada ao lado de Zinga para também observar o curioso da cena, escolhe então um dos moleques, pega-o pelo braço e pergunta:

— O que é tudo isso?

— É o príncipe regente que vai à frente seguindo viagem.

A informação invade os ouvidos de Zinga e percorre seu corpo com arrebatamento de corrente elétrica, os olhos se arregalam em reação à surpresa, não é comum que uma oportunidade se ofereça assim tão à mão.

— Vem depressa — ele convoca Filipa já se distanciando dela.

— O que vai fazer? — pergunta ela, não completamente decidida sobre se o acompanha em sua disparada repentina.

Se quiser nivelar velocidades, Zinga vai precisar compensar a desvantagem natural em que duas pernas apostam corrida contra animais que as têm em dobro e que as têm como resultado do aprimoramento milenar que forjou músculos torneados e tendões elásticos propícios a desenvolver grande rapidez mesmo que quase sempre tenham que suportar o peso de cavaleiros, amazonas e charretes, a sorte é que até aqui os galopes vão no ritmo de passeio e por isso Zinga, pique perseverante, consegue emparelhar com a comitiva, mas há muito de trepidação nesse vai e vem de pernas, tanto as do bípede quanto as dos quadrúpedes, não é fácil distinguir qual daqueles homens tem poder de comando sobre os demais, mas ao menos para isso deve servir o conjunto de insígnias que brilha no uniforme de um deles, detalhe logo percebido pela averiguação de Zinga que agora, enquanto corre e faz do pescoço esticado um periscópio atabalhoado, concentra a atenção no homem de vestimenta condecorada, sim, é ele, a barba extravagante, a fisionomia já conhecida das outras vezes em que o viu de perto, o chamado lhe sai da garganta num ímpeto de trovoada, não é hora para hesitações nem cerimônias, o príncipe regente desperta da letargia comum a incursões entediantes, vira-se na direção de quem o chamou e então se depara com a figura que acompanha a comitiva em corrida paralela. Dois mundos opostos confluem num esquadrinhamento mútuo pelo tempo em que Zinga e o príncipe regente se entreolham.

Zinga anuncia querer atenção, a mais rápida que seja, e quando está prestes a dizer o que julga ser assunto de grande importância, um dos cavalos manobra para fora da comitiva e se agiganta à sua frente, bloqueando a passagem e, mais que isso, a visão do que não componha exclusivamente as partes do corpo enorme: a crina, os olhos perturbados, a pelagem amarronzada que de tão próxima exibe detalhes de sua textura. Na garupa do cavalo, o soldado da guarda real controla a rédea enquanto encara Zinga com fisionomia indefinida, há nela algo entre desprezo e pena, espera passar alguns segundos em que exibe pose de autoridade e depois diz:

— Anda! Vá caçar um trabalho.

O soldado da guarda real torce a rédea e bate com as costas das botas na barriga do cavalo que atende ao comando e se põe a empinar, não tão alto, só meia altura, dá meia-volta e galopa em disparada para se reintegrar à comitiva que já vai longe. Sem solução, a derrota impõe a Zinga a condição de espectador estacado, é como se avistasse o trem que o deixou para trás na estação, a ele, portanto, resta observar a grande velocidade com que se distancia a composição formada por cavalo e cavaleiro. Abaixa a cabeça, encontrando numa das mãos a visão do anel, parece um consolo para a frustração que ele perdure ajustado ao dedo. Volta a olhar para a frente e percebe, mais ao fundo da paisagem, já ter perdido de vista o príncipe regente. Filipa vem chegando apressada, traz expressão de ainda estar confusa. Ao alcançar Zinga, ela pergunta:

— O que foi que te deu?

— Tenho muita precisão de falar com o príncipe regente, foi por pouco, quase consegui.

— Ora vejam só, e qual seria o assunto tão importante que mereça audiência com Sua Majestade real e soberana? — pergunta Filipa em evidente tom de zombaria.

— Deixa que outro dia te explico muito bem explicado — desconversa Zinga, essa já é a segunda vez em pouco tempo que empurra para a frente a revelação de uma confidência.

Filipa e Zinga atravessam o portão da mansão e é como se estivessem fora por muito mais que um dia, eis a sensação de tempo multiplicado, fenômeno provocado toda vez que se tem bom proveito da vida. Conversam coisas que desencadeiam uma sequência de sorrisos ressoantes, fazem brincadeiras de descontração, estão ainda sob efeito do recreio, pena que neste instante tenham que se separar, não sem antes se abraçar, abraçam-se como símbolo de uma comemoração, é que às vezes até são capazes de se sentir contentes. A cada qual seus afazeres, Filipa corre para plantar as sementes de camélia num canto da horta e Zinga se dirige ao alojamento, terá muito o que contar a Anastácio sobre o passeio. O fato é que ambos até então estiveram imersos em uma atmosfera de distração, a nenhum deles ocorrendo conferir se, por trás de um dos janelões da mansão, alguém os vem mantendo sob observação ininterrupta. Tendo visão do pátio agora vazio, Pretérito fecha as cortinas e se retira para o interior do cômodo.

No quartinho contíguo à cozinha, uma fresta permite a entrada do feixe de luz, não que ele se destaque, é bem acanhado e além disso não contrasta tanto com a escuridão que, por efeito do amanhecer, já se abrandou, cedendo lugar a uma atmosfera azulada. Agora que a porta é aberta às pressas até se escancarar, já não se tem somente uma mera nesga de luz, tudo se aclara, a torrente de luminosidade invade cada parte do cubículo e faz Filipa se sentar no catre com olhos esbugalhados de susto, nunca antes aconteceu isso de alguém acordar primeiro que ela.

O pedaço de sombra remanescente desenha uma silhueta, nela se adivinham os contornos do chapéu e das botas. Está enquadrada pela moldura da porta e não parece trazer visita de cortesia. Um só passo para a frente é bastante para transformar a silhueta em imagem perceptível. Filipa pressente a tragédia, e o coração, desperto de sua monótona frequência, agita-se em batimentos sentidos em cada parte do corpo. A pele do rosto é banhada pelas lágrimas que escorrem aceleradas para mergulhar no precipício surgido a partir do queixo e do maxilar, por anos e anos Filipa vem conseguindo evitar todas as ofensivas do choro, porém sempre é chegada a hora em que o acúmulo se arrebenta, e o resultado é a queda das gotas que espocam sem parar. O que lhe sai da boca é uma voz sem força, no máximo sussurra o nome de Bashira, bem poderia chamá-la aos berros, clamar por sua presença, é que Filipa não tem mais crença em sua salvação.

A alguma distância dali, o chacoalhar de um líquido espumoso e denso vai entornando no chão alguns pingos de desperdício. Foi custoso ter que encontrar um tonel de leite daqueles só provenientes das vacas bem tratadas na fazenda para a qual, sem outro recurso senão as pernas, só se vai em caminhada de algumas horas. Zinga carrega o peso nos ombros, e a fraqueza que sente é menos pelo esforço e mais por causa da sonolência, pálpebras caídas, pensamentos dispersos, humor dos dias ruins, tudo isso por ter recebido ordem de acordar ainda no escuro, e assim tão cedo, quase meio da madrugada, porque é sua missão satisfazer um capricho inesperado de Pretérito, o de degustar logo no raiar da manhã um copo farto de leite fresco, nada mais inusitado do que essa extravagância vinda de um homem arraigado a hábitos invariavelmente rotineiros e que agora se põe a extravasar comportamento mais apropriado a mulheres gestantes com seus desejos fora de hora. De qualquer forma, Zinga apressa o passo porque não quer comprometer a pontualidade do translado de Pretérito até a missa, afinal é de um cronograma bem arranjado que depende a aula de pintura, ela que hoje, muito mais do que qualquer outro dia, não pode deixar de acontecer, ela que hoje, conforme prometido por Jean-Baptiste, será a aula em que Zinga aprenderá a pintar as nuances que o mar tem de azul.

    Outro indicativo de que esta manhã não tem nada de comum é a angústia percebida em Anastácio, ali está ele de prontidão na entrada do pátio, mal Zinga atravessa o portão e se depara com o desassossego em pessoa, é só o início da sensação ruim de estar frente a frente com alguém que treme e exibe a careta de assombro das ocasiões que antecedem a divulgação de uma má notícia. Há um silêncio durante o qual Zinga e Anastácio se estudam, duelo às avessas em que ambos preferem que o outro tenha a iniciativa mais rápida. Anastácio, enfim, diz o que tem que dizer, o rosto se contrai de um jeito que é como se cada letra pronunciada deixasse na boca um gosto nauseante.

— Filipa foi vendida.

Olhos em torpor, fisionomia paralisada, não é nem possível saber se Zinga entendeu exatamente o que lhe foi dito, e por isso Anastácio prossegue e detalha o ocorrido como forma de provocar alguma reação.

— Hipólito levou Filipa até uma charrete parada em frente ao portão. Depois, Hipólito fez questão de me avisar que a charrete seguiu para a propriedade do Coronel Antunes.

— E você não fez nada? — esbraveja Zinga num ímpeto parecido ao de quem acorda de um pesadelo.

Anastácio não sabe o que dizer e começa a pensar sobre o que poderia ter feito. De repente se sobressalta de susto por causa do tonel que desaba no chão e vai rolando enquanto dele escapa o líquido branco logo transformado em poça que submerge vários blocos do piso do pátio.

— Não faça isso! — diz Anastácio ao pressentir as intenções de Zinga.

Estas são horas em que se desaprende a ouvir qualquer coisa, Zinga começa a andar, marcha firme em direção à mansão. Anastácio o segue e em determinado ponto enlaça um dos braços dele, mas é inútil deter um corpo movido a desespero, tanto que Zinga se desvencilha facilmente do obstáculo que o atrasa e prossegue com passos decididos. Anastácio para como se topasse com a beira de um abismo. Ao perceber a distância entre ele e Zinga aumentar, ainda tenta um último apelo.

— Não pode fazer isso.

O rosto de Zinga é popa incendiada, avança em ardência até estar em frente à porta da mansão. Quando Zinga irrompe cozinha adentro, as vozes lá dentro se calam imediatamente, faz-se silêncio de assombro, a impressão é a de que se vê um fantasma ou qualquer outra aparição impossível. Pretérito e Plácida têm suas próprias maneiras de demonstrar perplexidade, ela leva a mão espalmada ao encontro da boca aberta, ele penteia o bigode com os dedos, movimento frenético e involuntário desencadeado pelo nervosismo. Do espanto à indignação, Pretérito apruma o corpo e caminha para o centro da cozinha, lugar para onde Zinga também se desloca lento e tateante como um felino.

— Insolente, desaforado, petulante, que desatino é esse de entrar na minha casa!? — exaspera-se Pretérito.

— Onde está Filipa? Por que vendeu Filipa? — Zinga pergunta aos gritos, os olhos não dão conta de se esbugalharem tanto, estão no limite de desencaixarem de suas órbitas.

— É só o que me falta agora ter que te dar satisfações sobre o que faço ou deixo de fazer, aliás já é até muito que te dirijas a palavra, não podias ter entrado aqui, não podes permanecer dentro desta casa, saia, saia já! — esbraveja Pretérito também aos gritos, que fogem para fora da mansão e se espalham por grandes distâncias.

Zinga não se intimida, ao contrário, avança para mais perto de Pretérito, ajusta o alcance do olhar de maneira que seus olhos mirem as profundezas dos olhos dele e crava:

— Ser o dono dos destinos das pessoas não te faz menos covarde nem menos traidor.

O braço levanta e faz a mão voejar, mas Zinga intercepta o curso da agressão ao agarrar o pulso de Pretérito pouco antes de ser atingido no rosto. Nos fundos da cozinha, Plácida, testemunha acuada, está coberta de pavor pelo que pode acontecer. É inútil que Pretérito movimente o braço para tentar soltá-lo, a força da mão que o prende é a força da revolta. Por um instante os dois se encaram em silêncio até que Zinga diz:

— Tem propriedade sobre meu corpo, mas na minha cara não encosta, não.

Mal termina de completar a frase, Zinga é puxado para trás, galeio repentino, bruto, incompreensível. Sem que qualquer resistência seja possível, as pernas cedem ao movimento enquanto as mãos dedilham o pescoço na tentativa de lutar contra o colar de ferro que Hipólito, pelas costas, enfiou sorrateiramente pela cabeça de Zinga. Duas hastes se sobressaem do colar de ferro, uma delas, a da parte traseira, é manejada por Hipólito de maneira que ao ser apoiada exerce pressão inversa sobre o outro lado do colar em que está a haste dianteira que, pressionada, levanta com força o maxilar de Zinga, não há método mais subjugador que a dor, em especial se ela é provocada repetidas vezes, sendo esse exatamente o caso em que Hipólito, ao seguir puxando Zinga, alterna sacudidelas na haste do colar de ferro.

Hipólito identifica aprovação no olhar de Pretérito e em seguida arrasta Zinga para o pátio. No desespero de tentar funcionar como frenagem, as solas dos pés descalços se friccionam contra areia, poeira e pedra, mas cada ato de resistência recebe de volta um puxão que só não leva ao enforcamento porque Hipólito sabe muito bem dosar sua força de modo a evitar que ela seja fatal. Pretérito e Plácida também saem da mansão e tomam a direção do pátio, onde Anastácio assiste aos acontecimentos sem conseguir encontrar solução de socorro senão a de implorar a Hipólito que não machuque Zinga. Mais uma vez Hipólito e Pretérito trocam gestos silenciosos, e então Zinga é levado para próximo do tronco. Hipólito, a título de armadilha, solta a haste do colar de ferro e, ao notar que Zinga ameaça correr, recupera rapidamente o domínio sobre a haste dianteira, puxando-a tão bruscamente que arranca de Zinga um gemido angustiante.

— Se tentar fugir, vai ser pior — adverte Hipólito.

Zinga parece considerar que de fato está em insuperável desvantagem. Mesmo repleto da vontade de se rebelar, pondera sobre o estrago que a ele pode causar sua resistência, e é desse intervalo de submissão que Hipólito se aproveita para começar a amarrar Zinga junto ao tronco em cujo contorno uma corda permaneceu enrolada por tanto tempo em ociosidade, ela, que agora é chamada a ser útil, vai apertando as pernas e a cintura de Zinga contra a madeira cilíndrica. Hipólito se certifica se amarrou a corda e se cuidou dos nós com firmeza suficiente para não deixar folgas. Durante a conferência, contorna o tronco e retira do pescoço de Zinga o colar de ferro, não há mais no que possa prestar auxílio. Como arremate, levanta, um de cada vez, os braços de Zinga, encaixando-os na altura do pulso em dois braceletes de ferro presos a correntes que pendem do topo do tronco. Há o momento em que Hipólito dá de cara com Zinga, cujo rosto, colado à madeira, está quase completamente encoberto.

— Gosta do trabalho que faz? — resmunga Zinga.

— Não vê que sou um sujeito generoso? Poderia fazer como normalmente é feito por aí e te amarrar sem as roupas — comenta Hipólito em tom indiferente.

É como se a cena congelasse agora que Hipólito se retira, a expectativa paralisa cada um dos que dela participam. Anastácio se distingue dos outros e se movimenta na direção de Hipólito assim que o vê retornar da cavalariça empunhando um açoite, precisa dar satisfação a si mesmo, mas a atitude é abortada logo de início, resta o mistério sobre como seria se ela se completasse, acontece que Hipólito encara Anastácio com a mais enfurecida das expressões e é o suficiente para fazê-lo se afastar. Três passos de distância, as costas de Zinga enquadradas como alvo, Hipólito vai brandindo o açoite no ar muito à semelhança de um domador de feras, está pronto, levanta o braço que ao descer terá impulso para catapultar o castigo.

— Um momento! — interrompe Pretérito, até então inalterável em seu patamar de supervisão, ele aponta com a mão para o açoite e complementa: — Eu mesmo faço.

Sem disfarçar o desapontamento por ter sido alijado da incumbência que tanta satisfação lhe traria, Hipólito entrega o açoite a Pretérito, que, pelo jeito como o segura, deixa clara sua inaptidão com instrumentos de manuseio bruto, nada que o voluntarismo não resolva, além disso, tem à disposição tantas chances quantas forem bastantes para treinar a mão e desenvolver a habilidade.

— Não parece apropriado que tu te metas neste tipo de tarefa — opina Plácida, é o mesmo que falar sozinha.

Olhos focados nas costas largas de Zinga, os batimentos do coração aceleram numa velocidade imprevista e aí então Pretérito, tomado pela urgência, ergue o braço e o faz cair, lançando-o para a frente, a dinâmica do movimento, de tão rápida e repentina, quase não é percebida, ato atabalhoado, mas também eficiente, porque todas as cinco tiras de couro que compõem a ponta do açoite estalam com força em diferentes partes do alvo. Anastácio contrai o corpo como se fosse ele o atingido. Plácida leva as mãos ao rosto e bloqueia os olhos, de modo a evitar que veja a continuidade da cena. A dor provocada é medida pelo gemido prolongado que, dotado de vontade própria, Zinga não consegue reprimir.

O tecido está esgarçado, a pele, nos pontos em que foi rasgada, vai espalhando pequenas manchas vermelhas na parte de trás da camisa branca e coçada. Não é um resultado estático, cresce devagar, avoluma-se expansivo. Pretérito contempla as costas de Zinga durante o tempo em que o furor arrefece, nada sobrou da energia tempestuosa, e é aparentando desânimo e cansaço que Pretérito larga o açoite e o deixa cair no chão. Hipólito recolhe-o de imediato na esperança de retomar seu encargo, tem pressa em posicionar-se, mas pela segunda vez é interrompido.

— Não. Já basta! — ordena Pretérito.

— Mas, senhor, uma só açoitada não é reprimenda pra ninguém — argumenta Hipólito.

— Tenho outros planos para ele, e inclusive preciso que me auxilies com teus conhecimentos em soldas e ferraria.

Distantes um do outro, Anastácio e Plácida diminuem simultaneamente o ritmo da respiração. A sensação de alívio é a mesma. Anastácio percebe estar encerrada a sessão de castigo, daí a razão de os ombros terem envergado em resposta ao relaxamento do corpo. Plácida junta as palmas das mãos como agradecimento por ter sido poupada do embaraço de assistir ao marido se arvorar em executor de tarefas subalternas, mas talvez não admita nem mesmo para si que também agradece pela oportunidade de estar fora de casa e de presenciar o que lhe é diferente à vivência da rotina modorrenta. Ao mesmo tempo, de costas para todos e abstraído em seu martírio, Zinga imagina até quando pode durar a dor, uma dor tão mais ardente quanto mais as gotas de suor banham as feridas, uma dor tão mais perturbadora quanto mais o pensamento se dá conta da agressão sofrida.

Do modo como está, Zinga não sabe se a qualquer momento suas costas serão novamente golpeadas pelo açoite. Enquanto espera, bem poderia se ocupar com a contemplação do céu azul sem nuvens, mas isso se o tronco não lhe atrapalhasse a visão.

De madrugada, o temporal caiu discreto e sem demora, sabe-se dele por causa dos sinais espalhados em forma de poças e folhas caídas. Zinga está quase terminando de reunir o lixo num único monte, trabalho de paciência em que folhas e gravetos são recolhidos um a um. Ele se abaixa para pegar uma das folhas, e o vento, zombeteiro, a afasta para longe. Zinga se põe a persegui-la sem calcular o tanto de distância que ela planou rasteira e caótica até pousar bem próximo ao portão. Distraído sobre sua condição, avança ligeiro, mas algo o impede de prosseguir, puxão repentino. Zinga quase vai ao chão quando a corrente de ferro estica ao limite, está preso a ela, está preso em dobro.

— Cuidado, boçal! Não estrague minha obra-prima — adverte Hipólito, referindo-se com ironia à corrente de ferro que tem uma das extremidades engastada a um gancho chumbado no chão do alojamento e a outra ao tornozelo de Zinga, foi forjada para ter a extensão que restrinja os movimentos dele só até os limites da chácara.

Mais acima, guiada pelo que lhe atrai a atenção, Plácida se aproxima de um dos janelões do quarto. É todo dia que a corrente de ferro vai serpenteando ao longo do pátio, acontecimento anunciado pelo ruído que de tão reiterado já quase passa indiferente aos ouvidos de quem habita o casarão. Hoje, porém, Plácida está suscetível a se deixar impressionar pelos detalhes da cena em que Zinga arrasta a corrente de ferro para onde precise se deslocar.

— Desse jeito os serviços prestados por aqui vão de mal a pior — opina Plácida, olhar fixo para o lado de fora do janelão.

Sentado na poltrona cujo encosto lhe ultrapassa a altura da cabeça, Pretérito ignora o comentário e se mantém entretido com a leitura do contrato de locação referente a um dos imóveis herdados de seu pai.

— Ele nem serve mais para te carregar à missa — continua Plácida.

Pretérito levanta a cabeça devagar até ter visão completa de Plácida, leva alguns segundos observando-a em silêncio e, depois de um gesto de enfado, volta a ler os papéis pousados em seu colo.

— Primeiro, a venda de Filipa. Já faz tempo que tentas debalde comprar uma substituta à altura. Logo em seguida, instituíste o tipo de castigo que é menos reprimenda e mais prejuízo causado a ti próprio. Temo pelo funcionamento desta casa — diz Plácida, a fala é fria, lenta e dita enquanto o olhar parece hipnotizado pela cena lá fora.

Tocado em um ponto sensível de sua reputação de mantenedor da boa governança, Pretérito agora não mais resiste ao diálogo e argumenta:

— Meu método disciplinar é necessário, principalmente porque sempre fui benevolente com a criadagem. Se houver falta de quem já tenha elaborado a citação, eu mesmo a inauguro: quando alguém não reconhece o bem que lhe fazem, leve-o a experimentar como é o mal.

— E quanto a mim? Alguma citação apropriada ao meu caso? — indaga Plácida, virando-se para encarar Pretérito.

— Como? — vacila Pretérito, fazendo-se de desentendido.

Plácida não insiste e volta para a posição em que tenha visão do que ocorre no pátio. Reflete por um momento e diz:

— Sou como ele, só o que me falta é a corrente atada ao pé.

— Não digas isso — reage Pretérito. Sentindo-se forçado a se levantar da poltrona, ele guarda os papéis do contrato numa das gavetas da escrivaninha e caminha na direção de Plácida. — Se saíres, o que existe de adormecido em tua natureza estará exposto a um mundo de armadilhas espalhadas para fora dos muros desta casa. É um preço até pequeno, considerando os riscos da perdição.

A expressão de Plácida transmite algo entre anestesia e ressentimento, nunca antes um conjunto de palavras a havia atingido tão em cheio. Agora, olhar para o pátio através do janelão é muito mais subterfúgio do que exercício de contemplação. Para se proteger da má sensação que lhe domina o corpo e os pensamentos, evita contato visual com Pretérito, e então é nesse instante de retraimento que ela observa lá fora Zinga se atrapalhar com o enrosco da corrente, o que o faz tombar no chão.

— Não me admira se um dia ele tentar se matar, é o recurso dos humilhados — diz ela, sibilina.

— Ele não vai se matar.

— Como podes ter certeza?

— Ele tem propósitos.

— Fuga? Vingança?

— Mais forte que isso.

Plácida se desinteressa pelo tom misterioso da conversa e, sem dizer nada, caminha na direção da porta, as mãos suspendendo o vestido para evitar que ele esbarre no chão. Ao passar por Pretérito, ela o relanceia e percebe um olhar inquisitivo apontado contra si.

— O que há?! Também aqui debaixo do teto desta casa estou proibida de ir e vir conforme for de minha vontade?

Não é ocasião em que Pretérito queira requentar o assunto, ele se recolhe a um silêncio de armistício enquanto apenas espera que Plácida saia do quarto para logo então se posicionar no lugar há pouco ocupado por ela em frente ao janelão.

Lá fora, a cena ainda se desenrola. Zinga apoia as palmas das mãos no chão e começa a se levantar. Balançando a cabeça de um lado para outro em sinal de censura, Hipólito se aproxima, agacha-se, inspeciona a firmeza com que os anéis da corrente se entrelaçam, sim, estão unidos de maneira a ser impossível imaginar que um dia possam se desprender uns dos outros. Depois de se erguer e aprumar as calças, passa por Zinga sem lhe dar maior atenção e se afasta.

Logo em seguida, Anastácio é quem surge impelido pela urgência, veio tão rápido que é como se fosse uma aparição, dessas muito peculiares aos atos heroicos. Quando chega perto de Zinga, oferece a ele um gesto de socorro. Os dois se dão as mãos, e os braços se esticam continuados como pontes que ligam corpos irmãos. Pela força do amparo, Zinga recupera o pleno equilíbrio e consegue ficar de pé. Neste instante, seus olhos focalizam o rosto, os cabelos quase inteiramente embranquecidos e, enfim, os olhos cansados de Anastácio, além deles, não há mais outro lugar no mundo em que possa ser bem acolhido. Ao reconhecê-lo como seu único e último reduto, sente vontade de abraçá-lo, mas permanece do mesmo jeito, parado, ombros caídos, represando o choro que lhe borbulha na garganta, nos olhos, no nariz. É preciso evitar novo tropeço, e é por isso que Anastácio se abaixa para desfazer o enrosco da corrente, cuidado preventivo que provoca em Zinga um sorriso triste.

A noite vem cobrindo o céu, daqui a pouco tudo escurece. Zinga caminha no ritmo vagaroso ditado pelo esforço de ter que arrastar a corrente de ferro pelo tornozelo. Anastácio, sem qualquer indicativo de que tenha pressa, acompanha-o, enlaçando-lhe o braço ao redor das costas. Nem tanto por precisar se apoiar e mais por retribuição, Zinga imita a atitude e engancha a mão em um dos ombros de Anastácio. Lá em cima, depois de perder de vista a caminhada fraterna em que Anastácio e Zinga se afastam misturados em um abraço itinerante, Pretérito passa a piscar os olhos freneticamente na intenção de despertar do estado em que está distraído e alheio a tudo que não lhe venha visível através do janelão. Pois então, como se afugentado pela visão vinda lá de fora, fecha a cortina e vai se sentar na poltrona. Sem interesse em retomar a leitura do contrato de locação, aponta os olhos para o teto, tem muito com o que se ocupar em reflexões.

A partir de então e desde que a liteira, recolhida a um canto da cavalariça, deixou de ter uso por absoluta impossibilidade de ser conduzida por um de seus carregadores, Anastácio e Zinga vêm aprimorando o trabalho em conjunto que desempenham dentro dos limites da chácara. Isso pressupõe o tipo de parceria em que Anastácio tem se desdobrado para praticar a solidariedade. Se, no chão, os pedaços de lenha partidos por Zinga aparentam ter maior peso que o normal, é Anastácio que se agacha para pegá-los. Se alguma tarefa precisa ser feita de maneira a exigir de Zinga o esforço de arrastar por larga distância a corrente atada a seu tornozelo, Anastácio se propõe a cumpri-la. E, mais importante, se o cansaço estiver evidenciado no semblante de Zinga, para que lhe amenize o fardo da caminhada já é costume consolidado Anastácio erguer o máximo possível de extensão da corrente, passando a carregar o rolo metálico entre os braços. É exatamente o que acontece neste instante em que os dois, terminado mais um dia de trabalho, andam lentamente rumo ao alojamento.

Anastácio se joga de costas sobre o catre como se quisesse se entregar a uma queda interminável, descansar é beber um gole de felicidade, os olhos se fecham, o corpo flutua, mas essa sensação é interrompida quando um som lhe atrai a atenção. Ao lado, Zinga acomoda junto ao catre o amontoado formado pelas dobras da corrente.

— Quando é que vai cuidar disso aí? — pergunta Anastácio, a mão aponta para a ferida parcialmente encoberta pela argola de ferro que envolve o tornozelo de Zinga.

— As plantas da horta não dão jeito.

— Não dão jeito porque o que hoje elas curam amanhã a esfregação com a corrente volta a machucar — cogita Anastácio.

Zinga gesticula com a cabeça em sinal de concordância. Mãos na cintura, demora um tempo pensativo e então se agacha para pegar o material de pintura guardado embaixo do catre. Novamente de pé, confere o estado dos pincéis, os pelos estão secos, endurecidos, há neles resquícios de cores. Ao perceber-se travado, mexe a perna com movimentos circulares para desenroscar um pedaço da corrente. Senta-se em seguida na beira do catre onde, imóvel e desligado de tudo ao redor, contempla uma tela parcialmente pintada. Desde que impossibilitado de se encontrar com Jean-Baptiste, faltam-lhe meios de conseguir tintas para continuar a pintura.

Deitado de lado, a cabeça sobre o braço dobrado, Anastácio assiste ao que para ele é desolador. Como se por vontade própria, os olhos passam em revista toda a extensão da corrente, elo por elo, a começar pela extremidade atada ao tornozelo de Zinga, percorrendo a parte em que ela está embolada feito aglomerado de serpentes acinzentadas até chegar à outra extremidade, ponto de união entre o último elo e uma barra de ferro roliça, horizontal e que se encurva, de um lado e de outro, formando duas colunas mergulhadas para dentro do solo. Não dá para ver o quanto descem terra abaixo, mas Anastácio sabe que a profundidade é grande, isso porque, pior para a sua consciência, contribuiu para a escavação e, depois de passar o último elo da corrente ao longo de uma delas, ainda as enterrou, cobrindo-as com uma mistura de água, terra, calcário e argila, o que de resultado é hoje a barra de ferro suspensa em baixa altura, quase ao rés do chão, sem haver a mínima possibilidade de que alguma força humana a remova ou, menos ainda, de que dela faça desatrelar a corrente, tudo em conformidade com o que Hipólito planejou ser uma estrutura à prova de fuga.

Anastácio se entristece. O fato de ter sido coagido a fazer o que fez, nisso incluindo a ameaça de nunca ser alforriado, não lhe alivia a culpa e nem o ajuda a se sentir menos traidor. E é neste momento de fragilidade que uma profusão de lembranças perversas o rodeia, o ataca, o captura. Ele se lamenta por ter sido omisso na ocasião em que Hipólito, num gesto sorrateiro, encobriu o nariz de Zinga com um pano embebido de líquido entorpecedor e então o jogou desacordado no catre, de modo a impedi-lo de atrapalhar que a barra de ferro fosse enraizada no chão do alojamento. Ele se lamenta por ter sido omisso na ocasião em que Hipólito, aproveitando-se da inconsciência de Zinga, vestiu-lhe a tornozeleira de ferro ligada à corrente, nela aplicando seguidos golpes de marreta que a deformaram e a fizeram se ajustar ao contorno da perna ao ponto de tornar impossível sua retirada pelo pé. Ele se lamenta por ter sido omisso na ocasião em que Hipólito, após acordar Zinga com sacudidelas bruscas, passou a observar pacientemente cada uma de suas reações, o susto, o desespero, a agitação, o ato de chutar o vazio como tentativa inútil de se livrar da tornozeleira, ao que, concluído o olhar de perícia, sorriu um sorriso de canto de boca, satisfação por constatar o sucesso com que a barra de ferro e a corrente, frutos de sua engenhosidade, mantinham Zinga aprisionado de maneira inescapável.

Todas essas lembranças vão se congestionando e formam um peso insuportável dentro da cabeça de Anastácio. De súbito, ele se ergue atabalhoado e é como se pretendesse dispersar os pensamentos com o movimento rápido do corpo. Na posição em que agora está sentado no catre, respira fundo, leva as mãos aos cabelos, os olhos fixos na corrente agora já não significam revolvimento da memória. Por trás do semblante compenetrado, a tormenta reflexiva desta vez diz respeito ao futuro.

— Vamos acabar com isso. Trago escondido a picareta, a enxada. Pela madrugada, golpearemos sempre o mesmo lugar da corrente. Se teimarmos em acertá-la com pancadas caprichadas, um dia ela haverá de arrebentar, sim, ela haverá de arrebentar.

Mais de dez, mais de cinquenta, talvez cem vezes por dia Zinga pense em variadas maneiras, das violentas às milagrosas, de se desprender do fardo que se agarra a ele com permanência sádica. Embora se acumulem tanto, essas expectativas têm sido apenas nuvens de imaginação, daquelas que inflam e não chovem, mas agora, instigado, considera levá-las para além do abismo de obstáculos que as separam da chance de virem a ser acontecimento. Ele, então, interrompe a contemplação da tela, pousando-a devagar sobre o catre. Olha para baixo e encontra no dedo o anel destacado no ambiente de penumbra. Ao levantar novamente a cabeça, encara Anastácio e contrai os músculos do rosto, deixando claro o interesse pelo assunto.

— E depois sumimos, vamos para um lugar onde as pernas deles não tenham preparo para nos seguir — acrescenta Zinga.

— Primeiro de tudo, temos que dar conta da corrente — alerta Anastácio, corrigindo o efeito empolgante da sua sugestão.

— Já imaginou se cada cativo conseguisse escapar para um destino comum? Seríamos mais fortes, viveríamos juntos, o trabalho seria feito para nosso próprio proveito, até quem sabe Filipa poderia se juntar a todos nós — divaga Zinga, ignorando o tom cauteloso pregado por Anastácio.

— Espera vê-la de novo? — a pergunta de Anastácio é também uma repreensão.

— Na verdade não — Zinga diz entre suspiros, nada resta do espasmo de entusiasmo há pouco tão vibrante. — A última esperança que tenho, a única que me escora, é voltar a pintar.

Eles se calam no que parece ser um consenso quanto a precisarem de um intervalo de recolhimento para digerir ideias, discernir intenções. Ainda que se silenciem, a conversa de até então continua a reverberar por cada canto do alojamento. Anastácio vai retomar o assunto, mas um barulho vindo de fora o faz represar as palavras já prontas para lhe sair da boca. Em sincronia, os dois olham para a porta fechada e é natural que imaginem ter chegado a janta de todos os dias, sopa de abóbora e pães, trazida pela aia, moça cabinda, muito jovem e recém-comprada em mais uma tentativa de substituir Filipa. Estão preparados para comer, salivam, dão sinal de boas novas a seus estômagos e, passados alguns segundos, percebem-se desiludidos. Quem abre a porta não é a aia.

Hipólito é o primeiro a entrar, uma das mãos carrega suspenso um candeeiro que dá ares de vistoria à incursão. Pretérito entra em seguida, está bem-vestido, o chapéu, retirado logo na entrada, reforça a pose solene. Em escolta, Hipólito se posiciona no curto espaço entre Pretérito e Zinga, levando a mão que lhe sobra livre até a cintura para fazer menção de estar armado, é o mesmo tratamento que talvez daria a algum animal enjaulado que se ressentisse de quem o aprisionou. Cada qual sentado em seu respectivo catre, Anastácio e Zinga entreolham-se apreensivos, a eles não resta muito mais que aguardar algum tipo de aviso grave que justifique o inusitado da visita.

— É chegada a hora. Anastácio, recolha tudo quanto seja de seu uso pessoal. No empenho de minha palavra, entrego-lhe a carta de alforria. És, a partir de agora, um homem livre — sentencia Pretérito, cada palavra é pronunciada em tom de proclamação.

De tanto aguardar sem sucesso a liberdade prometida, Anastácio já havia desistido de fantasiar sobre céus ensolarados ou noites de lua cheia que prenunciassem a chegada do grande dia. O anseio então foi sofrendo o efeito do tempo, desbotou, bruxuleou até desaparecer, até virar esquecimento, daí porque a notícia ter aspecto de surpresa. Passada a incredulidade inicial, sente os olhos embaçarem. As pessoas ao redor transformam-se em manchas coloridas. O cuidado de piscar com delicadeza é medida necessária para evitar que as lágrimas transbordem e rolem pelo rosto. Ao longo desse estado de comoção, Anastácio se preocupa em não deixar escapar de dentro de si qualquer demonstração de euforia, não quer fazer exibição de seu triunfo, contém-se em respeito ao infortúnio de Zinga, que por sua vez dá mostras de uma alegria acanhada, sua reação é feita de satisfação sincera, mas também de incômodo por ter que disfarçar a vontade de estar no lugar de Anastácio.

— Onde estão as cambalhotas, Anastácio? Pareces tão maçado para quem acabou de ganhar a alforria. Estou quase achando que não sabes nada sobre alçar voo — zomba Pretérito, o rosto iluminado pelo candeeiro tem aspecto fantasmagórico.

Anastácio nega com a cabeça e sorri acanhado. Na mente, pululam cálculos que somam quantos anos se passaram desde quando ele, produto de uma compra minuciosa, foi trazido para a chácara. Confere detalhes do alojamento para os quais tem dirigido o olhar por todos esses anos. Nota no rosto de Pretérito a passagem do tempo identificada pelas mudanças que o envelhecimento impôs. E se depara com Zinga, que o observa atento. É como se enxergasse o corpo acorrentado à sua frente através do espelho que reflete a imagem congelada da época em que, no melhor vigor de suas forças, iniciou a trajetória de trabalhos forçados que foi se estendendo até aqui. A juventude de Zinga é a mesma juventude que já foi de Anastácio. Alguma coisa se altera no semblante, a testa se enruga, as sobrancelhas descem, os lábios se apertam um contra o outro. Sisudo, Anastácio então interrompe o silêncio que já soa estranho.

— Senhor, peço que me deixe voltar um dia para trazer o resultado do que pretendo plantar.

— Sim, mas não quero saber das sobras, venhas com o que de melhor a terra puder oferecer — diz Pretérito em tom de descontração.

A todos está bem claro que a questão se resolveu. Pretérito se retira sem nem sequer ter apontado um mísero olhar de esguelha na direção de Zinga, não porque o temesse, não para evitar incitar-lhe ferocidade, quer em verdade demonstrar que o ignora por completo. Hipólito sai em seguida, levando consigo o círculo brilhoso que envolve o candeeiro. Antes de fechar a porta, lança no escuro uma risada irônica que, em termos de folguedo da separação iminente entre Anastácio e Zinga, é muito mais eficiente que qualquer combinação entre palavras e frases que pretendesse proferir.

Devolvidos à privacidade, Anastácio e Zinga não sabem muito bem como retomar a conversa interrompida, principalmente porque agora há uma enorme alteração no curso dos acontecimentos. Zinga arrisca dizer congratulações, capricha na simpatia com que deseja o bom proveito da vida em liberdade, mas Anastácio dá sinais de que não quer sustentar o diálogo e corresponde apenas com um sorriso incompleto. Ambos, enfim, mantêm-se compenetrados em assimilar o que para cada qual está por vir. Estão tão absortos que demoram a perceber que a aia acabou de chegar para lhes entregar a comida.

Todos os dias quando desperta, levanta o pé na ilusão de que ele suba leve. Não dura quase nada e Zinga logo percebe que permanece acorrentado. Ainda deitado, ele se espreguiça, vira para o lado e se depara com o outro catre vazio. Sente-se triste e desamparado, ao menos se vê poupado de se despedir.

Algumas mudas de roupa, pequenas ferramentas e a carta de alforria. É tudo o que vai na trouxa de Anastácio. Ao atravessar o pátio em direção ao portão, fixa os olhos no chão e fica sem saber se alguém o observa por trás de um dos janelões do casarão.

Se soubessem falar, é certo que já teriam conversado animadamente a respeito da visão que vem se aproximando na direção deles. Pois então, faltando-lhes domínio sobre falas e vocabulários, inclinam as orelhas para a frente, abrem e fecham a boca como se abocanhassem o vento, mordiscam um ao outro, expulsam bruscamente o ar pelas narinas, não são cavalos de vida tão ativa, por isso se contentam em se entusiasmar com a simples constatação de que alguém está chegando para lhes dar de beber.

A cada dia a corrente parece triplicar de peso. Mais que isso, a argola de ferro não dá trégua às feridas alastradas pelo tornozelo. Andar, outrora fácil e automático, agora é ato de sacrifício. Aos tropeços, é impossível a Zinga evitar que parte da água seja derramada do balde. Ele finalmente a despeja no cocho e depois passa a movimentá-la, criando pequenas ondas que, conforme reza o costume, favorecem o frescor e a limpidez. A mão emerge, dela escorrendo fiapos grossos de líquido. Quando Zinga olha para os dedos, berra de susto e arregala os olhos como se não acreditando no que vê ou no que não vê. Atabalhoado, empurra para trás a cabeça de um dos cavalos que, tendo o focinho parcialmente molhado, já se adiantava para matar a sede. A mão mergulha, movimenta-se em círculos e, que alívio, encontra o anel no fundo do cocho. Zinga o resgata e de imediato o coloca no dedo ao tempo que ouve o barulho que os cavalos fazem ao se esbaldarem com a água. Pelo resto do dia, misturando precaução e exagero, confere a todo o momento se o anel ainda está no dedo e isso lhe faz crescer desconfiança que afinal se torna constatação evidente. Entre dedo e anel, nunca antes havia sentido tamanha frouxidão.

Mais tarde, logo que chega ao alojamento, Zinga supera a exaustão de sempre e corre para se sentar no catre. Não é, naturalmente, uma pressa fluida. Para considerar algum tipo de agilidade dos movimentos, dela deve ser descontada a dificuldade que é carregar pela perna um peso incessante. Ainda que seja o único habitante do alojamento, alterna olhares preocupados para todos os cantos do ambiente. Prepara-se então para iniciar uma experiência. Dobra-se sobre a barriga, estica o pé e empurra para baixo a tornozeleira de ferro, faz força, chega a trincar os dentes, aumenta o esforço mesmo em prejuízo das feridas agora esfoladas mais severamente a ponto de sangrarem muito. Essa não é mesmo tarefa simples que se equipare a desenrolar uma meia desde a canela até os dedos. Por mais que Zinga tenha emagrecido, a curvatura do calcanhar continua sendo um obstáculo anatômico pelo qual a tornozeleira de ferro, planejada para resistir a alargamentos, não vai passar. Zinga deita no catre, deixa os braços caírem para os lados, finca os olhos no teto e, arfante, espera a respiração abrandar.

Semanas depois, e a compleição de Zinga não passaria despercebida a qualquer olhar distraído, o que dirá aos olhos minuciosos de Plácida que o observa por trás do janelão.

— Ele está emagrecendo a olhos vistos. Vamos perdê-lo, não vês?

Pretérito abotoa a manga da camisa enquanto se aproxima de Plácida. Caminha devagar, hesita, vai adiando ao máximo chegar ao destino. Posiciona-se junto dela e com as pontas dos dedos unidas olha para o lugar do pátio onde Zinga conserta o cabo solto de uma enxada. Plácida aguarda que Pretérito comente sobre a imagem observada por ambos, mas ele se mantém em silêncio, sem deixar transparecer o que por dentro se agita em mal-estar causado pela impressão de que Zinga definha, não é por outra razão que já há algum tempo repara que nele alguns ossos estão mais protuberantes e que as calças pouco a pouco lhe vêm descendo folgadas pela cintura.

Sem aviso sobre o que pretende fazer, Pretérito se encaminha para a porta pelo pequeno trajeto em que é alvo do olhar confuso de Plácida. Desce o rol de escadas, passa pelos santos de madeira, desce mais um rol de escadas, atravessa a sala de jantar, passa pela frente da entrada que leva até o quartinho que já foi ocupado por Filipa, chega à cozinha e, quando se depara com a aia, vai freando os passos até parar a uma distância suficiente ao entendimento de sua pronúncia.

— Anísia, como têm voltado os pratos? — pergunta Pretérito, inclinando a cabeça em direção ao exterior da mansão.

— Voltam sempre pela metade. Ou até menos que isso — a resposta é dada com sotaque forte de quem ainda tem a língua cabinda como parte do funcionamento do corpo, assim como é a respiração ou as pulsações do coração.

Desvendada a suspeita, Pretérito balança a cabeça e se retira. Anda pelo mesmo caminho no sentido inverso, o acesso ao quartinho, a sala de jantar, o lance de escadas. Quando acaba de passar pelos santos de madeira, dá meia-volta e se aproxima deles. Encara o rosto esculpido de cada um, o que o faz sussurrar uma espécie de desabafo privado, mas não considera apropriado que o contato prossiga coloquial, por isso recorre ao pequeno e pomposo genuflexório recostado junto à parede, ajoelhando-se nele com gestual peculiar a atos de veneração. Os olhos se fecham com força, a mesma com que os dedos abraçados juntam as duas mãos num entrelace de fervor. Pretérito ora em silêncio, um silêncio que grita.

Já por um período longo, nuvens e mais nuvens, todas tão pesadas quanto a teta que uma vaca prenha arrasta pelo chão, sucedem-se em regar os arredores da chácara sem interstício de buraquinho claro no céu. Respingando, Zinga entra no alojamento preocupado em se secar. O pano que lhe serve de toalha está sujo, rasgado e cheira a mofo. Por fim, à pele ainda umedecida acrescenta-se a camada de pequenos grãos de areia. E só agora a sensação de ardência começa a dar sinais de que vai incomodar. Vinda do tornozelo, ela é consequência do que a água da chuva faz ao banhar as feridas encobertas pela tornozeleira de ferro. Zinga se deita sem se importar que a perna acorrentada encharque parte do catre com as gotas que escorrem da corrente. Os olhos não demoram nem cinco minutos fechados, já que o barulho da porta provoca neles a reação imediata de se esbugalharem de assombro. Um calafrio percorre a espinha de Zinga, os músculos se enrijecem, ele ameaça se levantar, mas seus braços erguem somente metade do corpo, não existe posição confortável perante a visão que se forma à sua frente.

O casaco está rajado de pingos de chuva na altura dos ombros. O chapéu não deixou que o cabelo molhasse. Assim que entra, Pretérito encosta a porta, demonstrando que desta vez não tem a companhia de quem o escolte. Debaixo de um dos braços, carrega uma grande caixa de madeira. Desloca-se com lentidão, cada movimento é tão vagaroso que sua presença enche de suspense o alojamento. Vai até o catre que em outros tempos servia a Anastácio e espana com a mão o lugar onde logo após se senta com a delicadeza preventiva de quem considera a queda uma ocorrência provável. De um lado, deixa sobre o catre o chapéu, do outro, a caixa de madeira. Respira fundo. De onde está, avista de perto a imagem em que Zinga está de lado e na posição em que, no outro catre, olha fixamente para a frente enquanto abraça as pernas flexionadas.

— Não precisavas ser tão arredio, não precisavas tanto afobamento — diz Pretérito, numa entonação de mistério. — No fim das contas, de nada adiantou a corrida, a pressa, o esconderijo. Eu sabia das escapadelas e inclusive presenciei, sim, presenciei várias vezes o que tu e aquele pintor estrambólico faziam no meio da rua.

Zinga permanece do mesmo jeito, não há alteração visível em sua postura, mas isso não quer dizer que a revelação não o tenha deixado intimamente surpreso.

— Também sei sobre a habilidade que adquiriste, sei sobre teus quadros escondidos e sobre as horas que, aqui, dedicavas à prática da pintura e é espantoso que tenhas pensado que eu não iria saber — continua Pretérito. — Não precisavas fazer disso uma saga clandestina, por que entre as pessoas quase tudo precisa ser incógnito? Que mal poderia haver se me consultasses a permissão?

Algo a mais deixou de ser dito, nunca serão conhecidas as outras palavras que Pretérito reprimiu pouco antes de saltitarem para fora da boca. Ao se calar, ele mira o teto e suspira, expelindo uma baforada impregnada de exaustão. Logo após, abaixa a cabeça para a posição em que novamente passa a enquadrar Zinga em seu campo de visão e, sem que olhe para ela, transfere a caixa de madeira do catre para o colo.

— Pois bem. Isto que trago aqui é para ti — a voz serena marca a mudança de assunto.

Pretérito enfia metade do braço dentro da caixa, retira dela um objeto e o pousa sobre o catre num movimento demorado. Repete o ato algumas vezes. Um por um, os objetos vão sendo retirados e já ocupam boa parte do catre. É a primeira vez que Zinga, vencido pela força da curiosidade, vira o olhar para onde está Pretérito. Apesar do ambiente de penumbra, não lhe é difícil reconhecer o formato dos muitos tubos de tinta, dos variados tipos de pincéis, das telas em branco, da paleta.

— Muitas cores, pincéis para toda e qualquer técnica. Um material de pintura primoroso. É teu. Podes voltar a pintar quando quiser — diz Pretérito com ares de compadecimento.

O que se passa com Zinga pode ser traduzido como o conflito interno de ter que lidar com a empolgação que lhe assalta e ao mesmo tempo impor a si próprio alguma conduta que expresse a sua revolta até então muito bem identificada pela permanência de uma cara fechada, mas antes que as sensações se assentem, Pretérito anuncia um porém:

— Considerando que a partir de agora retomarás a dedicação à pintura, quero que faças um retrato meu. Todos os dias, ao fim da tarde e antes que escureça, estarei aqui para servir de modelo para teus traços de virtuose.

Zinga retorna o olhar para a frente, os músculos da cara fechada vão se amainando por efeito do desânimo da rendição. As paredes, o teto, o ar denso, a corrente, o eco da voz de Pretérito, tudo que o cerca lhe faz advertência sobre sua condição de não ter espaço para manobrar a mínima vontade que seja, sente-se como não muito mais que uma marionete controlada pela opressão.

Pretérito se levanta, veste o chapéu, recolhe a caixa vazia, todos os movimentos também agora na saída são lentos. Quando prestes a abrir a porta, demora na posição em que está de costas para Zinga, eis o método arriscado de testar o rancor alheio. Aos poucos vai virando o corpo até encontrar um olhar vazio que o encara. Não deixa o silêncio persistir por muito tempo e, com a voz mansa de conciliação, diz:

— Por esses dias fui ter notícias de Filipa. Não poderia estar melhor, tem concubino e também um filho, o moleque, dizem, é esperto e sadio.

Ainda parado junto à porta, Pretérito quer presenciar qual vai ser a consequência da notícia, é como se houvesse acrescentado a alguma mistura o ingrediente decisivo para o resultado de uma reação química. Assiste a cada comportamento de Zinga, assiste ao corpo murchar, aos ombros caírem, à cabeça baixar, ao corpo inflar, aos ombros levantarem, à cabeça ser soerguida, a um sorriso brotar em meio à apatia, um sorriso de esgueira. Os dois voltam a se encarar. É a vez de Zinga quebrar o silêncio:

— Me solta?

O cenho franzido e a boca entreaberta são partes do todo, que é uma careta de surpresa. A súplica incômoda o deixa desconcertado, antecipando-lhe a saída que agora tem ares de batida em retirada. Pretérito não diz nada, vira-se, abre a porta e sai.

Por muitos dias depois, sempre depois que chega ao alojamento, Zinga alterna o olhar entre duas imagens de Pretérito, uma real e a outra pintada na tela. Não está satisfeito com o resultado de como ficou o formato e a coloração do bigode e é por isso que experimenta outra combinação entre as cores marrom, preto, cinza e branco, faz nova tentativa e mesmo assim continua a não gostar, troca o pincel, lança mão de uma técnica até então em desuso, mas nada o agrada, o que está claro é que não consegue extrair prazer da pintura feita nessas condições em que precisa contemplar demoradamente cada detalhe do rosto de Pretérito.

Pretérito está sentado no catre vago, que agora passa a ser lugar cativo para as ocasiões frequentes em que visita o alojamento. Mesmo compenetrado em sua postura de modelo, identifica a apatia com que Zinga captura suas feições, também não lhe é indiferente o gesto de irritação de quando ele mergulha num pote de água de manchas multicoloridas os pincéis lambuzados de tinta, não que até então tenha se importado tanto, tudo certamente pertence às nuances de temperamento afetas aos artistas, mas nisso não parece estar incluído o que se inicia agora com o rosto se contorcendo e termina com uma crise de choro repentina e contundente contra a qual Zinga não consegue oferecer resistência, não há meios de controlar os soluços que lhe escapam em profusão alucinada. Pretérito desmonta a pose ereta e se levanta. Tentando disfarçar o desconforto, desvia da corrente que se estende em zigue-zague pelo chão. Por trás da tela presa ao rastelo invertido que faz as vezes de cavalete, Zinga já vai se recuperando da tempestade de martírio que o dominou, mas aí está ele tendo que lidar com o assombro de perceber a aproximação de Pretérito.

É a primeira vez que Pretérito confere o andamento da pintura, sua intenção era deixar-se surpreender só quando ela estivesse concluída, mas, dado o imprevisto do momento, está agora diante dela, as sobrancelhas se levantam e o rosto se inclina para bem perto da tela, quer inspecionar as minúcias. Zinga abaixa a cabeça e cruza os braços devagar assim que se vê a centímetros de Pretérito e essa ainda nem é a mais incômoda das sensações porque agora, ao sentir a mão de Pretérito pousar em seu ombro, uma eletricidade de agonia se agita pelo corpo inteiro.

— Está muito bom. Temos aqui uma obra de qualidade artística feita por um prodígio. Reconheço nela a minha imagem, mas não é simplesmente como se olhasse para o espelho, a união de todas essas cores mostra a essência do que sou — divaga Pretérito ainda com a mão no ombro de Zinga. — Estás cansado, é hora de parar. Continuamos amanhã.

Depois que Pretérito se retira do alojamento, Zinga deita no catre e de antemão já sabe que não vai dormir. A imaginação escapa, expande-se solta, e ele enumera muitos temas que poderiam ser pintados com a tinta gasta na composição do retrato de Pretérito. Diferente do que previu, o cansaço o arrasta para o estado de entorpecimento que logo se transforma em sono profundo. De repente, Zinga dispara no meio de uma planície de chão alaranjado, as pernas e os braços são pequeninos, ele então percebe que voltou a ocupar o corpo de quando era criança. Corre e cada vez corre mais rápido como se a qualquer momento pudesse decolar sobre a paisagem que reconhece ser aquela conservada nas memórias de infância. Enquanto corre, olha para baixo e constata que o tornozelo está livre da corrente, e isso é motivo de tanta alegria que o faz abrir os braços. Zinga corre, abraça o vento, sorri alto e acorda sorrindo, mas só até se dar conta de que a corrente ainda está presa ao seu tornozelo. A partir daí não consegue mais dormir.

No fim de tarde do dia seguinte, Pretérito olha através do janelão e adivinha o exato instante em que Zinga, claudicante e desconjuntado, recolhe-se ao alojamento. De imediato, Pretérito caminha até o cabideiro e pega o chapéu, vai saindo apressado, mas não sem antes olhar-se no espelho, tem sido assim ao longo do dia, já conferiu mais de dez vezes as curvas do rosto, as particularidades da pele, as riscas de expressão na testa, tudo isso agora imortalizado na tela que Zinga está para terminar. Plácida entra no quarto a tempo de flagrá-lo penteando o bigode com o dedo. Ao vê-la pelo espelho, ele interrompe o gesto, veste o chapéu, apruma o corpo, ajeita a lapela do casaco e se apressa para sair.

— Até quando levas isso adiante? Já passa do despautério manteres visitas frequentes ao alojamento — queixa-se Plácida, fazendo Pretérito deter-se quando já próximo da porta.

— Engraçado pensar que até há pouco tempo exigias de mim a conservação de minha propriedade — diz Pretérito, virando-se lentamente em direção a Plácida.

— Tens dado melhor tratamento a ele do que a mim — murmura Plácida antes de sorrir com ironia.

Pretérito fecha os olhos e os mantém fechado por provocação e pelo tempo que dura um pensamento longo. Ao abri-los, aparenta a serenidade de um clérigo.

— Pois então, a partir de agora permito que faças tudo o que quiseres. Se é de tua vontade sair, que saias. Se for o caso de procurares o que não encontras aqui, que então tenhas boa satisfação onde quer que consiga tê-la. Se, mais que isso, quiseres partir, que partas e que sejas provedora da tua vida — diz Pretérito em tom de voz suave. Ele atravessa a porta e sai, mas retorna ao quarto para dizer o que faltou: — E se não se aguentares com a língua quieta dentro da boca, faça-se de gazeteira e espalhe por aí o que acontece dentro desta casa, eu não me importo mais.

Tomada de perplexidade, Plácida sente-se flutuar por efeito do desnorteamento que a petrifica. Enquanto observa Pretérito sair do quarto, desta vez sem volta, não sabe como organizar suas sensações. Se pudesse esquadrinhar uma a uma, identificaria o sobressalto de surpresa, a aflição, a decepção, a melancolia, a mágoa, algum tipo de alívio e até a compaixão, mas nada que nem de perto se pareça com o rancor, muito menos ainda com a raiva. Até chegar à poltrona, arrasta o peso de um corpo prostrado. Senta-se, finca os cotovelos nas pernas, apoia o rosto com as mãos e espera o primeiro fio de lágrima descer pelo rosto. E depois, minutos depois, sorri, riso solto e demorado.

Ao sair do casarão e ganhar o pátio, Pretérito é envolvido pelo abraço radiante do sol quase completamente escondido atrás do horizonte, e isso é um acréscimo de ânimo ao entusiasmo que já vem transbordando, é o que se constata pelo assobio alto e afinado, som típico do bom humor que dita o ritmo da caminhada. Quando perto do alojamento, ele avista Hipólito se aproximar com jeito de quem pisa em ovos.

— Patrão, se me permite expor uma preocupação, não acho prudente que vá ao alojamento sem minha proteção, a essa gente não se confia a mão sem esperar o ataque traiçoeiro, são todos como cães que fingem obediência, mas só até conseguirem ter a oportunidade de abocanhar quem os alimenta.

— Permaneças ao redor para que me ouças caso haja algum incidente — diz Pretérito sem ter parado de caminhar.

Pretérito abre a porta, entra no alojamento e encontra Zinga deitado no catre, nunca mais houve um dia em que, depois do trabalho, o descanso tenha se estendido ao menos pelo tempo de um cochilo. Zinga sabe o que tem que fazer. Em reação maquinal, levanta do catre e ocupa o posto à frente da tela, seus movimentos provocam o tilintar da corrente. Ao mesmo tempo, Pretérito se dirige até o outro catre, senta-se, tira o chapéu, ajeita o corpo com atitude garbosa, uma pequena curva nos lábios é mais satisfação do que pose. Enfim, o bigode atinge a coloração ideal e, depois de alguns retoques e acabamentos, Zinga acomoda o pincel atrás da orelha como sinal de que finalizou a obra. A respiração já não é tão pesada, alívio momentâneo.

Mesmo que já tenha visto seu retrato quase pronto, Pretérito, ansioso, projeta-se para a frente e se apressa em se aproximar dele. Quando se depara com a tela, repete a expressão de surpresa, refaz elogios ao talento de Zinga e redobra a empolgação. Há uma pausa, durante a qual Pretérito, mãos na cintura, inspeciona os detalhes do alojamento, olhando com especial atenção para o pau a pique das paredes e, lá em cima, para as telhas à mostra sobre a armação de madeira.

— Este lugar precisa ser melhorado. Acaba de me ocorrer bons planos para ele.

Iluminados pela euforia, os olhos de Pretérito procuram novamente a imagem pintada na tela. Aí então acontece um rompante. Pretérito se vira para Zinga, encara-o firmemente e em seguida avança na intenção de abraçá-lo. Sem que a reação seja brusca, Zinga consegue recuar com passos esquivos para trás. Pretérito não aparenta ter se abalado com o constrangimento da cena. Como se nada houvesse acontecido, caminha para o centro do alojamento, pondo-se a explicar com animada eloquência o que planeja fazer.

— Providenciarei para que isto aqui se pareça com um ateliê. Daqui pra frente, quero que continues a explorar suas habilidades — diz Pretérito. Antes de retomar a fala, examina mais uma vez o redor. — E eu continuarei a posar para teus traços e tuas cores, quero que pintes meu retrato em muitas variações, com sorriso, mais reflexivo, usando chapéu. Eu e tu, neste lugar agora suscetível a inspirações, faremos boa parceria.

A Zinga não resta muito mais do que salivar o amargo da notícia ruim. Em determinado momento, uma bolha de silêncio o envolve, e ele deixa de ouvir o que Pretérito lhe diz enquanto pega a tela com os dois braços esticados, ficando frente a frente com a visão de si mesmo, pode ser que o assunto se refira ao que será feito da pintura, pode ser que algum outro elogio tenha acabado de ser associado ao olhar expressivo que salta da tela, pode ser que o plano de Pretérito ainda esteja em explanação. Só então quando, levando consigo a tela, Pretérito sai do alojamento, é que Zinga, pouco menos absorto, volta a ouvir o som que o rodeia. E vai ouvindo o assobio alto, afinado e horripilante de Pretérito se propagar pelo pátio.

Não há um fim de tarde em que Pretérito deixe de ir ao alojamento. A presença assídua tem imposto a Zinga produtividade muito mais compatível à rotina de uma fábrica, já se acumulam pilhas de telas em que o busto de Pretérito está multiplicado sob diferentes ângulos, a reprodução frontal, o lado esquerdo e o lado direito do rosto, mas também há pinturas parecidas entre si, não que a repetição desagrade Pretérito, o que lhe importa mesmo, e nesta altura já se vê nisso uma obsessão, é estar, contínua e infindavelmente, na posição em que a atenção de Zinga o tenha como alvo, e por isso essa é para ele uma rotina de deleite, muito mais agora com o ambiente melhorado, onde sua pose de modelo é feita em uma poltrona confortável colocada no lugar do catre que lhe servia de improviso, sem contar que, ao redor, contemplam-se as paredes e o teto reformados e também, no centro do alojamento, o cavalete de madeira sofisticada trazido para aperfeiçoar os trabalhos de pintura. Mas para Zinga é o contrário, isso de ter que olhar para Pretérito, demorada e diariamente, tem se tornado tortura equivalente a estar preso pela segunda vez e de um segundo modo.

Nessas ocasiões de produção artística em profusão, Pretérito é a imagem do homem rejuvenescido pela satisfação, o que de brilho irradia do rosto dele é simplesmente sinal de quem tem experimentado torrentes de alegria. Já Zinga está se deteriorando cada vez mais, tanto porque o ato de pintar, único farol que o norteava, virou-se contra ele, quanto por não suportar mais as investidas em que Pretérito vai ensaiando intimidade. Todas as vezes depois que a sessão de pintura se encerra, enquanto

Pretérito sai do alojamento entre assobios e cantarolices, Zinga mantém o olhar fixo na corrente atada a seu tornozelo. O instrumento que o oprime talvez sirva para libertá-lo. É o que pensa ao convencer a si próprio de que mais dia, menos dia terá ela apertada em seu pescoço.

Um grito esvoaça por toda a chácara. Nada se altera no aspecto silencioso do início da manhã, seguindo-se então outro grito muito mais urgente, sendo impossível que agora alguém não o tenha ouvido. Hipólito persegue a direção do som e quando se aproxima do portão faz cara de má vontade.

— Quem nasceu pra ser mula amestrada nunca chega a alazão desprendido. Enjoado de estar livre?

— Agora sou apenas visita. Abre, vai gostar do que trago aqui — diz Anastácio, mostrando duas sacas abarrotadas de plantas, legumes e frutas as mais variadas.

Os dois são interrompidos por Pretérito que, depois de ter passado os últimos minutos atrás do janelão, chega para conferir a novidade. Hipólito, obedecendo ao aceno de cabeça de Pretérito, começa a abrir o portão com movimento vagaroso de preguiça, transparecendo imensa contrariedade.

— Aqui estás tu. Então veio mesmo? — a feição de Pretérito exprime surpresa espontânea, não lhe sendo indiferente a sensação de rever alguém com quem conviveu por décadas.

— Vim dar mostras da minha gratidão, isto aqui é um pouco do que tenho plantado e colhido.

Pretérito lança o olhar para a casca brilhante de uma das mangas que está a ponto de extravasar da saca. Ele mergulha num pensamento profundo pela duração em que seu olhar se entretém com as nuances de violeta, vermelho, amarelo e verde, é confuso assimilar que alguma coisa trazida por Anastácio seja entregue por cortesia e não por obrigação.

— Deixe tudo com Anísia. Hipólito vai em teu auxílio — orienta Pretérito, despertado de seu exercício de digressão.

— Senhor, não careço de auxílio, não. Vou arrastando as sacas do mesmo jeito como fiz pelo caminho — diz Anastácio. A recusa faz Hipólito se afastar com ares de tédio.

Mais uma vez, Pretérito é levado a refletir. Fossem outros tempos, o que quer que dissesse a Anastácio não admitiria opção sobre como ser feito diferente. E nem demora nada para outra mudança voltar a chacoalhar suas ideias, essa ainda mais desconcertante.

— Senhor, depois que me deu a alforria, passei a frequentar as missas — diz Anastácio, estacando depois de arrastar as sacas por uma pequena distância. — Vou quase sempre, estou coberto pelo manto da redentora igreja, por isso trouxe também flores vermelhas que pretendo, se me permitir, deixar no altar da capela, onde gostaria de orar em agradecimento à santíssima trindade.

— Ora, ora, quem diria, tu então frequentas as missas? — espanta-se Pretérito. — Já eu, pelo contrário, quase não vou mais.

Os dois seguem conversando até entrarem no casarão pela porta que dá acesso à cozinha. Pretérito convoca Anísia a recolher o que há nas sacas. Em seguida, olha para Anastácio e, hesitante sobre se é o caso de agradecê-lo, apenas se despede, desejando-lhe um bom retorno. Depois que Pretérito se retira para o interior do casarão, Anísia, com o cuidado de manter a voz baixa e expressando-se no idioma quimbundo, pergunta a Anastácio:

— Como é estar liberto?

— Fácil não é, mesmo assim é como viver pela segunda vez.

As sacas estão esvaziadas, mas não completamente. Ao fazer menção de resgatar delas o que ainda sobrou, Anísia é interrompida por um sinal de Anastácio.

— Já acabaram. Ao menos as prendas — ele diz com gentileza.

Sem que as sacas estejam abarrotadas, Anastácio caminha desenvolto pelo pátio. Ao tomar a direção da horta, avista Zinga que, de costas para ele e agachado, revira a terra com um pequeno sacho. Aproveita então que não está sendo visto e averigua detidamente o efeito produzido por tanto tempo de clausura. O corpo é de uma magreza doentia, os músculos estão atrofiados por causa dos movimentos muitas vezes feitos com descoordenação, a região da perna rodeada pela tornozeleira exala o cheiro de carne necrosada, não há nada ao redor dele que não remeta a sofrimento. Anastácio sente o estômago gelar e as pernas fraquejarem, ele prende a respiração para logo em seguida suspirar longamente e dizer:

— Nunca vi alguém tão generoso com as minhocas.

Zinga reconhece a voz. A princípio acredita estar às voltas com algum tipo de alucinação, afinal não é dado a ele ter expectativas sobre novidades, surpresas boas ou algum alento. Mesmo assim, resolve conferir e então vai virando o corpo e o faz lentamente para adiar a decepção, quer evitar ao máximo a constatação de que Anastácio não esteja às suas costas. Mas está. Ao se deparar com ele, levanta-se apressado, produzindo o breve tilintar da corrente, e aí se atira para se refugiar no aperto do abraço que parece que vai durar para sempre. Depois de muito tempo, eles se afrouxam um do outro e começam a se afastar. Há o momento em que se encaram bem de perto, um susto. Anastácio quase não reconhece o rosto ossudo à sua frente.

— Como é que tem levado a vida? — pergunta Zinga, os olhos arregalados demonstram interesse.

— Planto e colho as frutas que são do lugar, controlo o fogo para limpar terrenos e abrir pastagens. Sou agregado de uma fazenda do tamanho do mundo, trabalho muito, quase tanto quanto trabalhava aqui, mas lá me dão soldo que me tem permitido juntar economias.

— É mesmo tudo o que você queria — Zinga sorri com afetuosidade.

— Quase... E você? O que tem feito da pintura? — Anastácio se preocupa em disfarçar seu incômodo com a aparência deteriorada de Zinga.

É um silêncio que pesa e persiste. O rosto se fecha numa careta de tristeza. Zinga simplesmente não encontra dentro de si a sua voz, não responde nem vai responder agora que Pretérito se aproxima dos dois, surgindo num caminhar de espreita, nada se ouviu quando a sola de sapato veio esmagando suavemente as pedrinhas do caminho.

— Anastácio, pensei que estavas ansioso para visitar a capela — a voz de Pretérito é branda, mas também se percebe nela alguma rispidez.

Bom entendedor, Anastácio recolhe do chão as sacas molengas e esparramadas, acena com a cabeça para Zinga e toma a direção da capela. Pretérito o acompanha a certa distância e se dá por satisfeito só quando se certifica que ele se afastou. Zinga, murchando até estar de volta ao estado de abatimento que lhe é rotineiro, agacha e continua a revolver a terra da horta.

De fora para dentro, tudo escurece. Anastácio se mistura ao silêncio gelado, vai vasculhando assustado todo o redor, não há ninguém que o esteja observando, a não ser Nossa Senhora do Rosário que, do alto de um pequeno oratório lateral, lança-lhe um olhar de piedade. Conforme avança pelo corredor central da capela, revive a experiência de se sentir diminuído pelas paredes e pelo teto. Em determinado ponto, retira de uma das sacas o ramalhete de rosas vermelhas quase totalmente despedaçadas, depositando-as sobre o altar. De repente, um sorriso rápido lhe escapa. Alterando o curso de sua intenção, ele recolhe as rosas e, depois de se deslocar para um canto do altar, joga uma de cada vez sobre onde se deram os acontecimentos que nunca deixaram de ferver suas memórias. Anastácio agora percorre toda a capela. A ronda meticulosa dura até quando, por fim, ele encontra o lugar que julga ser mais adequado para se ajoelhar. Posicionado desse jeito, alguém poderia ser levado a pensar que ele se prepara para iniciar uma oração. Mas, na verdade, o que faz é manusear a saca, retirando do fundo dela alguma coisa mantida até então cuidadosamente oculta.

Faz-se um clarão. Assim que põe os pés para fora da capela, a luminosidade da manhã ensolarada o obriga a comprimir os olhos. O vento corta o ar, balançando a folhagem das árvores da chácara, percebe-se que na vizinhança uma galinha cacareja a toda estridência num esgoelar incansável, há o rebuliço dos pássaros, há marteladas que ecoam desde alguma construção distante, há vozes não identificadas flutuando em diferentes direções, Anastácio tem intimidade com toda essa confluência de sons, orquestra volátil que lhe foi habitual por tanto tempo. Também conhece bem o caminho que agora percorre, atravessava-o em dias seguidos, estações seguidas, anos seguidos, mesmo se fechasse os olhos, adivinharia o rumo certo. E vai se movimentando com discrição para que não o notem, não que antes o notassem tanto.

Anastácio chega ao alojamento e passa pela porta aberta que a corrente esticada impede que se feche. É uma surpresa se deparar com o ambiente irreconhecível, logo o ambiente onde habitou por mais da metade de sua vida. O catre em que dormia desapareceu. No lugar dele, exibe-se uma poltrona terrivelmente exótica. O chão, que era de terra batida, agora está forrado por um elegante piso de madeira. As paredes ganharam ares de casa nova. O cavalete postado sobre um tapete, quem diria, dá um tom de refinamento ao que outrora tinha aparência de calabouço. Só o que permanece inalterada é a estrutura na qual está presa a corrente. Tudo isso impressiona Anastácio, não que o alojamento transformado lhe cause deslumbramento, tem, sim, a ver com algo próximo a repugnância, ainda mais quando encontra as muitas telas empilhadas próximas ao cavalete. Assustado, olha uma por uma, concluindo tratar-

-se de um tema único. Conforme vai desvendando que o rosto de Pretérito, em poucas variações, é retratado várias vezes, uma crise de náusea lhe invade o corpo. A partir de então, parece aplicar-se mais incisivamente ao seu propósito. Depois de escolher um lugar, ajoelha-se, manuseia a saca e repete o que, minutos atrás, fez na capela.

Ao sair do alojamento, Anastácio segue a direção para onde vai a corrente, ladeia suas sinuosidades, vai acompanhando sua extensão até o ponto em que a extremidade dela desemboca no tornozelo de Zinga. Desta vez, Anastácio é econômico na abordagem. Sem dizer nada, tira do bolso da calça um papel dobrado e o agita nervosamente no ar, gesto entendido por Zinga, que pega o papel, desdobrando-o quatro vezes até ter visão do que lhe acende no rosto uma fagulha de alegria.

— Estes são os traços de Jean-Baptiste! — ele extravasa palavras de empolgação infantil.

— Faz tempo, fui à rua onde vocês se encontravam — explica Anastácio. — Lá estava ele pintando como sempre, fui contar o que aconteceu com você. Desde então temos conversado.

— É um mapa? — pergunta Zinga, sem tirar os olhos do desenho e já sabendo a resposta.

— Serve para te nortear até o porto.

— Como é que é isso?! — espanta-se Zinga, apontando os olhos para a perna atrelada à corrente.

Num movimento repentino, como se iniciasse um ataque, Anastácio se atira de encontro a Zinga e o abraça, aperto de comoção. Por trás de paredes feitas de ossos e músculos, os corações são juntados um contra o outro e sincronizam na mesma frequência acelerada.

— Só agora sinto vontade de dizer que meu nome é Jaali. Para onde vou, é como vão me chamar — diz Anastácio em voz sussurrante, já afrouxando o abraço e próximo ao ouvido de Zinga. — Você só tem até o início da tarde. Não se atrase. Seja feliz e cuide bem das suas feridas.

Dando as costas e caminhando a toda a velocidade, Anastácio ignora as perguntas feitas por Zinga, que o persegue atabalhoado. Abruptamente, a corrente se enrosca em algum ponto do terreno, impedindo que Zinga prossiga, ele tenta seguidas vezes movimentar a perna para a frente, mas é inútil vencer a força que o prende. Vendo Anastácio se distanciar, ele insiste:

— E agora, para onde vai?

— Vou para longe, tão longe que não seja mais preciso enxergar meu passado e nem esperar pelo meu futuro — responde Anastácio, sem diminuir o ritmo, sem olhar para trás.

Ao atravessar o pátio, sonda um dos janelões do casarão. Por vontade própria, cai na armadilha de ter os olhos capturados, presas frágeis. Os passos diminuem a pressa, o chão em que pisam deixa de existir. Por um instante, Anastácio sofre espetadas pelo corpo e não sabe classificar exatamente qual sentimento é responsável por elas. Ele, então, ergue o rosto e leva o dedo indicador à frente da boca. Lá de cima, contida e vagarosamente, Plácida, em resposta, faz o mesmo gesto.

O ar do lado de fora do portão é outro. Anastácio respira fundo e se farta dele. Embola as sacas quase vazias e as acomoda debaixo do braço. Como se o recepcionasse com folguedos de velho companheiro, o caminho se estende à sua frente. Dono de seu rumo, avança ligeiro. Logo, sua imagem se misturará ao horizonte ensolarado, ninguém poderá distinguir o que é homem e o que é luz. Agora sim Anastácio está livre.

— Fogo, fogo. A capela está incendiando! — grita Hipólito repetidas vezes desde a distância em que o som de sua voz vem aumentando gradativamente.

Plácida, junto ao janelão, transmite a notícia a Pretérito, que larga o livro sobre a poltrona, levantando-se num sobressalto. Desabalado, desce as escadas e rapidamente alcança o pátio, onde se encontra com Hipólito. Os dois correm até o fundo da chácara e se deparam com a nuvem de fumaça que escapa pela porta da capela. Mesmo assim, entram. Lá dentro, encobrindo os narizes e as bocas com as mãos, enxergam através da névoa acinzentada as labaredas consumirem boa parte do altar.

— Vamos buscar a água do cocho — decide Pretérito.

Vão e voltam da cavalariça, talvez não derramassem tanta água dos baldes se andassem mais devagar, mas urgência que é urgência requer atabalhoamento. Quando entram novamente na capela, uma surpresa toma de assalto a atenção até então dedicada por completo à gravidade da situação. Lenços atados em volta do rosto, Plácida e Anísia atacam o fogo com água despejada das bacias trazidas da cozinha. Desconcertado pelo que vê, Pretérito concentra o olhar em Plácida, não a reconhece no corpo voluntarioso que se movimenta com agilidade e presteza, passa pela cabeça dele adverti-la pela ousadia, mas depois considera ridícula a ideia. Dando conta de que ela, compenetrada, ignora sua presença, apressa-se em despejar a água do balde contra o foco de fogo que já se alastra pelas madeiras de uma das paredes. Depois, vira-se para Hipólito e ordena:

— Quero que tu me vás chamar Zinga — a voz alta de Pretérito compete com os ruídos de crepitação.

— Mas a corrente não estica até aqui — argumenta Hipólito.

— Não interessa, faças que ele ajude de alguma maneira, não vês que até as mulheres têm se empenhado?! — irrita-se Pretérito.

Hipólito sai desenfreado, comportamento apropriado para emergências como esta, ainda assim é estranho que não tenha demorado quase nada a retornar, é que o que traz de novidade, como se já não fosse bastante, é outra calamidade.

— O alojamento também está incendiando. A fumaça preta já chegou ao céu — anuncia Hipólito enquanto recupera o fôlego.

Olhos avermelhados, pele tingida de fuligem, o rosto de Pretérito explode de desespero e ele grita:

— Vamos rápido, vamos até lá!

— E quanto à capela? — pergunta Hipólito.

— Que ela arda... — destempera-se Pretérito para logo depois se corrigir. — Plácida e Anísia estão indo bem aqui.

A destruição se espalhou por todos os lados. Isso é o resultado lógico do que foi capaz de fazer o fogo faminto deixado solto em ambiente de reduzidas dimensões. Não há mais o que ser controlado, não sobrou a menorzinha chama que seja, qualquer coisa que poderia queimar já queimou. As paredes fumegantes não se prestam ao toque. O cavalete, o catre e a poltrona são agora objetos fragmentados e irreconhecíveis. A claridade está em tudo, não por uma luminosidade de porta e janelas abertas, mas pelo desabamento do teto que se esfarelou antes de cair.

Os pés vão se equilibrando sobre montes de escombros. Desde que chegou ao alojamento, Pretérito age em descontrole, chega ao ponto de revirar o entulho incandescente sem se importar com as brasas que grudam nas mãos. Mas há o momento em que vai do despautério agitado à melancolia abatida, é quando se detém ao encontrar a pilha de telas, em nenhuma delas seu rosto escapou da deformação, só o que se consegue identificar em uma ou outra é um nariz borrado ou a tinta usada para reproduzir a pele, essas são partes da pintura que o fogo parece ter poupado no intuito de, por galhofa, estimular algum curioso a palpitar adivinhação sobre a quem poderia pertencer o pedacinho de desenho preservado. Deixando de lado as telas destruídas, retoma as buscas, volta a aparentar estar fora de si, comportamento a que Hipólito tem assistido com certo constrangimento. Depois, Pretérito aos poucos arrefece a afobação e recupera o autocontrole, está enfim convencido de que não existe corpo soterrado por ali.

Ainda assim, persiste nas escavações. Dando outro sentido à sua procura, convoca Hipólito para vasculhar um determinado ponto do alojamento. Em cooperação, eles recolhem cacos de telhas, jogam rebocos a esmo e removem o que restou de uma coluna de madeira chamuscada, trabalho duro que deixa à vista a barra de ferro. A ela está atada a corrente que Pretérito, apressado, não demora a encontrar. Ele então a puxa como se disputasse um cabo de guerra, e se a força é moderada, sem o extremo de provocar urros e gemidos, é porque já foi previsto o que está para ser constatado. A corrente, em obediência, vai se esgueirando entre obstáculos, desliza com alguma dificuldade sob tudo o que a encobre até não haver mais nada dela, quando então o corpo de Pretérito sofre um galeio para trás. A cada um, uma sensação. Pretérito se enraivece enquanto Hipólito se desaponta por confirmar a derrocada de seu feito. Mas não há tempo para digerir a fúria, tampouco para estender o inconformismo sobre como é que a corrente, tida como indestrutível, não conseguiu resistir inclusive a um incêndio e a um desabamento. Ao olharem de perto o elo partido, derretido e retorcido, Pretérito e Hipólito raciocinam convicções iguais. Sem ser preciso dizer qualquer coisa, saem do alojamento aos tropeços.

— Vamos a cavalo — agita-se Pretérito, correndo na dianteira até a cavalariça.

Surpreendidos, os cavalos levam tempo para perceber que a agitação dos homens que se aproximam deles tem a ver com a interrupção do ócio quase sempre imperturbável. Montados sem sela ou qualquer outra preparação, convertem-se em animais inquietos, seguindo o ritmo de quem os controla por meio de gritos e batidas de calcanhares nas ancas. No primeiro galope, Pretérito olha para o lado e, de relance, avista Plácida e Anísia, mãos carregando bacias esvaziadas, vestidos encardidos. Elas estão serenas e caminham tranquilamente, o que significa terem dado conta de salvar a capela do incêndio. Ao mesmo tempo que o cavalo desenvolve velocidade, Pretérito inclina o corpo para trás na intenção de observar um pouco mais a imagem de Plácida. Pelo que se lembra, nunca antes se sentiu dominado pela vontade de lhe lançar olhares repetidos de admiração.

O que os orienta é a certeza de que um prisioneiro fugitivo sempre tentará alcançar o máximo de distância possível. Se capturado, ao menos terá conhecido novas paisagens de liberdade temporária ao tempo em que também, por revanche mínima, terá feito fadigar seus perseguidores. Por isso Pretérito e Hipólito dão comandos aos cavalos para que se mantenham desabalados.

— Ele não vai conseguir correr depressa, ainda está agarrado a um bom pedaço de corrente — a voz de Hipólito oscila na cadência da trepidação.

Eles cavalgam em linha reta, mas logo terão que decidir para qual caminho direcionar a busca, já que à frente há uma encruzilhada de vários rumos possíveis. Antecipando-se ao dilema, cogitam separar-se, desistem em seguida, seria caso em que Pretérito, sozinho, não teria a cobertura de Hipólito e sua garrucha coerciva. Voltam a planejar alguma estratégia e agora consideram perguntar às pessoas com quem cruzarem sobre se elas viram passar a figura de um prisioneiro de pés acorrentados. Porém, antes de alcançar a encruzilhada, notam no chão alguma coisa destoante que não escapa à argúcia de Pretérito. Depois de fazer os cavalos frearem, apeiam depressa e vão examinar a provável pista. E essa é mesmo uma pista, a melhor que poderia haver. Pretérito e Hipólito não precisam de mais nenhuma outra, se o que acabam de encontrar tem valor de bússola.

*

A alguma distância dali, Zinga corre abraçado à tela pintada com o rosto de Filipa. Também carrega numa das mãos alguns ramos de camélias. Nos poucos minutos em que teimou desafiar o tempo e as circunstâncias, foi o que escolheu levar consigo como bagagem definitiva. Entre mãos e braços sobrecarregados, ainda arranjou espaço para o emaranhado do resto da corrente que, se largada ao chão, terá que ser arrastada pelo tornozelo e em consequência atravancará a corrida. Ao correr, Zinga sente dores na perna, no tornozelo, nos pés, não se pode dizer que sejam insuportáveis, porque ele as suporta, substituindo-as por esperança. Substitui a fraqueza por esperança. O cansaço e a falta de fôlego, ele também os substitui por esperança.

Ao chegar a um determinado lugar, Zinga se vê em dúvida para onde seguir. Ainda não é o caso de se preocupar. Deixa todas as coisas no chão e as revira com cuidado, mas não encontra o que precisa. Elevando o tom de seu nervosismo, circunda as mãos entre a cintura e a calça, inspeciona os bolsos, revista o perímetro. Desorientado e convencido de que perdeu o mapa desenhado por Jean-Baptiste, agora sim é ocasião em que começa a se desesperar. Cada segundo de atraso passa a ser tão fatal quanto uma punhalada, aliás nem é bom permanecer parado e apalermado de um jeito em que esteja vulnerável a quem o identifique como fugitivo e resolva delatá-lo, há sempre por todos os lados muitos entusiastas por espalhar testemunhos.

    Zinga não reconhece a rua onde está. Não sabe se deve virar à esquerda ou à direita. Caso aposte em uma das opções, pode ser que se afaste na direção contrária de seu destino e aí então o estrago será irreversível. Ele leva as mãos à cabeça, anda de um lado ao outro, morde a gola da camisa, olha para o anel no dedo como a pedir socorro, está sob crise de agonia que lhe bloqueia as ideias, o certo é que, mesmo se for preciso recorrer à mais grave das medidas, não vai aceitar sucumbir a uma nova derrota, outra entre tantas que vem sofrendo. Nisso já se passaram minutos. A areia de uma ampulheta cruel segue escorrendo irrefreavelmente. Zinga agora está inerte, corpo esmorecido, olhos abatidos, é o desânimo que em geral sucede a agitação de um surto. A casa de dois andares e janelas fechadas, as pedras que pavimentam o chão, o cão farejando sujeira, um olhar lento e panorâmico percorre alvos aleatórios como se fizesse a anatomia do cenário em que se deu o fracasso. Ocorre que, ao inclinar a cabeça para cima, Zinga enxerga ao longe o morro em formato de corcova, o mais alto da cidade. De imediato, lembra o dia em que ele e Filipa estiveram lá. Lembra também o que Filipa disse sobre a cidade de São Sebastião ser abraçada pelo mar. E, enfim, lembra como é a imagem da cidade vista lá de cima, em especial o mar e a sua localização. Ele então fecha os olhos. Tendo como referência sua posição em relação ao morro em formato de corcova, consegue orientar-se sobre para qual direção está o mar. Zinga desperta da prostração. A esperança reacendida é combustível que lhe devolve ânimo aos braços e às pernas e que lhe faz se afobar ao recolher do chão a tela, os ramos de camélia, a corrente amontoada. Com tudo isso abarrotado nos braços, volta a correr desajeitado na direção onde o mar, assim como faz com a cidade de São Sebastião, também o abrace.

*

Ao mesmo tempo, Pretérito desdobra a folha de papel e dá de cara com um desenho bem-feito, coisa de artista. O rosto ferve por dentro, o couro cabeludo é atacado por comichões. Juntos, ele e Hipólito examinam o mapa e sem demora decifram o alvo para o qual afluem as setas desenhadas com tinta reforçada.

— Isto é uma conspiração pérfida! — esbraveja Pretérito.

A indignação é medida pelo jeito agressivo com que Pretérito embola o mapa para em seguida atirá-lo longe. Já montado, Hipólito está a postos como a esperar ansioso o sinal para a largada de uma corrida. Pretérito contorna seu cavalo e o monta com um salto abrupto, passando a estapeá-lo seguidas vezes.

— Vamos rápido, vamos fazer estes cavalos voar! — comanda Pretérito, agora já não é um grito, mas sim uma declaração de guerra.

*

Depois de percorrer ruas, travessas, becos, Zinga avança pela parte da cidade em que a atmosfera se transforma. A brisa umedecida que beija seu rosto tem gosto e cheiro de acolhida. Os vãos entre casas, igrejas e sobrados permitem visão da linha reta que divide água e céu, dois tons de azul imisturáveis. Ao correr pela beira do mar, Zinga não negligencia a contemplação das aves marinhas que têm asas desenhadas sob medida para o voo elegante, são aves que planam. Como se numa conversa por telepatia, formula no pensamento o aviso de que será tão livre quanto elas. Mais à frente, passando por uma pequena área descampada, aproveita para se aproximar do lugar onde ondas enfraquecidas se espalham sobre a areia escura cravejada de pedras e conchas. Olhos em luta com a claridade do meio-dia, consegue passar em revista grande extensão da costa e é um alívio constatar não tão longe dali o emaranhado de mastros, velas e a silhueta de variadas embarcações.

*

 Não tanto pelo maior vigor do cavalo que serve a Hipólito, mas mais pela apatia repentina de Pretérito é que ele e seu cavalo vão ficando para trás. De uma hora para outra lhe falta disposição para aplicar os comandos que mantenham o galope acelerado. Pelo caminho, as pessoas transformam-se em imagens turvas. As casas, as vendas, as igrejas são grandes sombras. À sua frente, a cabeça, a orelha, o pescoço, a crina do cavalo são manchas desfocadas. Pretérito já não tem certeza sobre as razões de sua expedição, esta é uma ocasião estranha para se haver em confusões da psique. E então, querendo expulsar algo indesejado, muito à semelhança do que acontece com o vômito jorrado involuntariamente, o corpo faz inundar as glândulas lacrimais de Pretérito e ele começa a chorar sem que estivesse preparado para isso. Transtornado, repreende a si próprio e depois de esfregar os braços, um de cada vez, nos olhos, chuta forte com os dois pés, seguidas, rápidas e simultâneas vezes, a barriga do cavalo, agressividade utilizada para a propulsão e também para desafogar perturbações.

*

 O coração de Zinga continua disparado desde que a multidão de gente indo e vindo apressada revelou-se como bom sinal de que seu destino está próximo. Não importa que carregadores de cangalhas e empurradores de carros repletos de mercadorias lhe esbarrem, trombem com ele a ponto de quase derrubar sua bagagem solta que vai sendo equilibrada entre os braços, não importa que o barulho de toda essa movimentação seja tão incômodo, o que atrai mesmo a inteira atenção de Zinga é a imagem colossal que irrompe à sua frente e que o faz caminhar até ela com passos hipnotizados. Primeiro, sente respeito. Depois, simpatia. Zinga tem afeição pelo navio atracado a receber filas de passageiros. Ao olhar para cima, estremece com a altura em que, na ponta de um dos mastros, uma bandeira tremula inquieta. Impressiona-se com a largura das velas sobrepostas, umas estendidas, outras ainda dobradas. Enquanto vão descendo, os olhos captam os muitos detalhes, os mastaréus, o cesto da gávea, as vergas, e quando aterrissam alinhados às pessoas ao redor, deparam-se com alguém que olha de volta, alguém que já há algum tempo vinha observando Zinga. Dos sapatos brilhantes aos cabelos bem penteados, Jean-Baptiste exibe a elegância de quem não vai fazer uma viagem qualquer.

— Eu sabia que viria. Sempre foi bom em correr contra o tempo — diz ele.

— Já eu não sabia — diz Zinga ao final de um suspiro que aliviou dos pulmões o ar impregnado de tensão e medo.

Jean-Baptiste escancara um sorriso de camaradagem, sem contudo deixar de se preocupar com a aparência extenuada de Zinga, que também sorri, mas seu sorriso é de outro tipo, tem algo de incredulidade, não é fácil acreditar em como foi possível chegar até aqui, tampouco consegue assimilar como é que ao amanhecer ainda era cativo e agora no início da tarde os grilhões já não o prendem mais, é como reaprender a andar isso de se movimentar sem obstrução de uma força que o possa deter a qualquer momento. Zinga olha através do que carrega nos braços e encontra em um dos dedos seu anel. E então sorri agora um sorriso de redenção. A liberdade tem essa natureza de ser mato que perdura nascer em terra infecunda.

— Temos que nos apressar, existem trâmites a resolver — adverte Jean-Baptiste, pondo-se a carregar parte da bagagem de Zinga.

*

Na entrada do porto, é destaque o chafariz constituído por uma pequena torre, em cima da qual o teto tem formato de pirâmide. Em direção a ele, dois cavalos trotam determinados a matar a sede. Pretérito e Hipólito os deixaram por ali sem precaução de arranjar jeito de amarrá-los. E nesta altura, correm ensandecidos, desviando-se das pessoas, combinando táticas de busca, investigando com um ou outro o paradeiro do prisioneiro fugido com argola de corrente atada ao tornozelo. Quando percebem haver movimentação de passageiros que rumam ao embarque no gigantesco navio atracado no cais, resolvem então se separar, uma metade do navio a cada um a partir do centro. Pretérito se encaminha para o lado direito. Passo após passo num esgueirar de fera preparada para a iminência de um ataque, vai ladeando a fila que se estende até escadas de madeira por onde os passageiros alcançam as entradas e nelas desaparecem como se engolidos por pequenas bocas laterais. Revistando rosto por rosto, cresce-lhe a sensação de estar próximo de reencontrar a imagem de Zinga. Num instante de alucinação, chega mesmo a materializá-lo, compleição concreta. Ao avançar até determinado ponto, observa a parte em que estão sendo despachadas malas, caixas, mercadorias, todo o tipo de bagagem. Pretérito então é atraído por uma cena em especial. Paralisado, força os olhos uma, duas, três vezes. Depois de inclinar a cabeça para um lado e para o outro, superando a obstrução das pessoas que passam à sua frente, ele enfim se convence sobre ter encontrado uma fisionomia conhecida.

O homem de casaca, colete, colarinho da camisa virado para cima, lenço amarrado no pescoço e calça nanquim conversa com dois estivadores. Já por um bom tempo negociam o carregamento da urna que, sobre o chão e rodeada pelos três, tem aparência de ser pesada. Mesmo por meio da avaliação feita meramente pelo olhar, de fato a impressão é que ela não é bagagem que se carregue aos assovios e sem o esforço de músculos experimentados, de modo que até chegar ao interior do navio a dupla de estivadores não terá vida fácil. Pretérito continua a olhar obsessivamente para o homem de trajes elegantes, estuda cada gesto, nota a maneira professoral com que trata os estivadores, sim, aquele é mesmo o pintor que dava aulas clandestinas a Zinga, e agora que já o identificou, o compasso de sua respiração aumenta numa velocidade crescente que parece se encaminhar para a explosão. É que ele sabe que está muito próximo de resolver o caso. Atém-se então à urna. Mede com os olhos a altura, a largura e principalmente o comprimento. A urna é comprida. Depois, uma curiosidade faz girar as engrenagens de sua investigação. Há na tampa da urna um buraco arredondado. Neste instante, um estalo de perspicácia lhe ilumina o raciocínio. O buraco foi aberto na exata posição em que favoreça a respiração de quem porventura esteja escondido ali dentro.

Pretérito sente o sangue pulsar nas bochechas. Arrebatado, ele grita o nome de Hipólito. O grito é tão alto que, mesmo à distância e compenetrado em sua missão de captura, Hipólito é alcançado por ele e se anima, seus ouvidos se excitam como os de um cão adestrado. De imediato, parte em direção ao lugar de onde vem o grito, está eufórico por antever a utilidade de seus serviços. Mas enquanto Hipólito não chega, Pretérito se vê dominado por mais uma crise de embaraço. Os olhos estão vidrados na urna pela duração de um tempo paradoxal, é um tempo parado. Já os pensamentos, ao contrário, debatem-se, desencadeando a mistura caótica formada por frustrações, enganos, angústias e uma enorme sensação de vazio, propósito vazio, homem vazio, vida vazia. Tudo isso, avalanche desabada a partir do que se acumulou por muitos anos, rodopia rápido na cabeça, e esse redemoinho só acaba quando uma lembrança o dispersa, a lembrança de cada letra do que Plácida lhe disse um dia: "Não consegues saber o que é amar". Quando então Hipólito chega, Pretérito já está decidido.

— Não foi nada, vamos procurar em outro lugar — diz ele, ao que

Hipólito reage com decepção, demorando a desfazer a expressão apalermada.

Antes de se afastar, Pretérito olha mais uma vez para a urna. Maneia a cabeça como saudação melancólica de despedida. A sentença de Plácida ainda reverbera ao redor, a voz dela se repete na memória, ecoa numa órbita que se amplia, rebate no chão, nas pessoas, mas passa a soar obsoleta. Pretérito tem convicção de que cometeu um ato de amor, o amor mais intenso e autêntico que já experimentou. Agora consegue saber o que é amar.

Jean-Baptiste entra pela portinhola do compartimento de cargas carregando água e comida. A portinhola é deixada semiaberta para amenizar a escuridão e então Jean-Baptiste começa a caminhar pela estreita faixa de luz que vem de fora. Espremido entre malas e mercadorias, chega ao fundo do compartimento, onde encontra Zinga sentado no chão ao lado da urna destampada.

— Sacudiram-te?

— Cheguei quase a reclamar — responde Zinga, com o humor dos aliviados.

— Estou pensando em como te livrar disso urgentemente. Dói? — Jean-Baptiste aponta para o tornozelo de Zinga. Mesmo na penumbra, é visível a grande área infeccionada no contorno da tornozeleira de ferro.

— Não tanto quanto antes, parte da dor eu deixei pra trás.

— Não vai viajar aqui — diz Jean-Baptiste enquanto observa Zinga devorar o pão entre goladas atabalhoadas que fazem escorrer água pelos cantos da boca.

— Onde então? — pergunta Zinga, depois de secar a boca com a mão.

— Há espaço na cabine onde estou. Seus tempos de viajar no porão acabaram.

— E se resolvem me apreender?

— Quase todos aqui são viajantes franceses, e o que será de nós franceses se formos flagrados em contradição quanto ao lema liberdade, igualdade e fraternidade? Há também os ingleses. A bandeira, o navio, o capitão e demais tripulantes são ingleses, e aos ingleses não interessa o servilismo medieval. Além disso tudo, estamos quase em alto mar, não existe território mais inapropriado para aprisionamentos — pondera Jean-Baptiste. — Vamos ao convés, você precisa de ar renovado.

No convés, andam entre passageiros que não dão pela presença de Zinga, não há quem demore o olhar em sua figura nem demonstre curiosidade sobre as condições de suas roupas, sobre o pedaço de corrente atado a seu tornozelo, no máximo lançam olhares discretos de solidariedade.

— Não estão incomodados com a minha liberdade, sinto-me até como um de vocês — comenta Zinga. — Isso parece ser ilusão.

— Não, Zinga, isso é civilidade — diz Jean-Baptiste, sorrindo satisfeito.

Zinga se debruça no beiral do convés. Quase não se nota o balançar do navio enorme. Enquanto o redor não se restringe só a mar e a céu, Zinga observa o litoral cada vez mais distante. Diferente de quando chegou confinado no porão de um tumbeiro, agora, ao deixar São Sebastião, tem visão da famosa montanha de pedra, o pórtico natural da cidade, é ela cerimonialista da despedida. Entre o contorno dos muitos morros, lá está o maior deles. Uma rajada de vento acaricia o rosto de Zinga. Aos poucos, ele abre os braços e fecha os olhos. Desse jeito, de olhos fechados, memoriza a paisagem que um dia haverá de pintar.

QUELUZ, PORTUGAL,
SETEMBRO DE 1834

O jeito cuidadoso de pisar no assoalho tem um sentido maior do que simplesmente evitar o rangido da madeira. É, acima de tudo, o ritual de respeito ao padecimento do principal morador do palácio. A governanta bate três vezes na porta alta do quarto, batidas não suficientemente audíveis, de maneira a ser necessária a repetição mediante ajuste que não recaia nem na delicadeza imperceptível nem em tanta força que desencadeie a agitação abrupta do doente. Pela abertura da porta surge a cabeça do médico, que passa a conversar com a governanta aos sussurros. Depois, a governanta se retira e o médico fecha a porta lenta e suavemente, voltando ao interior do quarto. Ao caminhar na direção de dona Amélia, ele tem ainda no rosto a expressão confusa.

— O que há, doutor Tavares? — pergunta ela.

— Decerto algo inusitado — responde o médico.

Os dois tratam do assunto em voz baixa. Em determinado ponto da conversa, são interrompidos por um fio de voz:

— Ouvi dizerem São Sebastião?

Dona Amélia e o médico se entreolham e em seguida se aproximam da cama.

— Não é nada. Não é nada com que se desgastar — diz dona Amélia, enquanto segura a mão do marido.

— O que falavam sobre São Sebastião? Contem-me.

Dona Amélia balança a cabeça para o médico como sinal de consentimento.

— Pois bem — começa o médico. — Há aí fora alguém que diz ter sido prisioneiro nas terras de São Sebastião no período em que Vossa Alteza também estivestes por lá. Parece fantasiar a história, alegando ter conhecido um pintor francês que o ensinou a pintar e o ajudou a fugir para a França, onde depois de pouco tempo conseguiu se estabelecer e passou a viver de sua arte. Ele explicou tudo isso à governanta a título de apresentação, solicitando autorização para visitar Vossa Alteza e vos falar um assunto importante. — O médico faz uma pequena pausa e então prossegue: — Se bem que agora me lembro vagamente de ter lido algo sobre um ex-prisioneiro que, fugido da nossa antiga colônia tropical, tornou-se pupilo de um pintor integrante da missão francesa que havia fundado na sede do reino uma escola de arte. Sim, esse pupilo é a grande sensação nos círculos das belas-artes parisienses pelo fato de ter sido prisioneiro e depois ter se tornado pintor de grande prestígio. De qualquer forma, pedi que o avisassem que Vossa Majestade não estais em condições de receber visitas.

— Ora, ora, mas por que fizeste isso?

— Bem sabeis, Vossa Alteza, precisais de intenso repouso.

— Bem sabes, doutor Tavares, no meu estado as precauções são cada vez mais imprestáveis. Já a oportunidade de me inteirar sobre os desdobramentos de um caso tão intrigante é proveito que me afasta um pouco desta apatia de combalido. Portanto, gostaria que o fizessem voltar.

Dona Amélia e o médico se entreolham de novo, ambos balançam a cabeça em sinal positivo. É um pedido especial, não porque feito por alguém habituado ao poder da coroa e do cetro, mas porque a partir de agora pode ser que cada vontade dele seja a última.

Depois de um tempo, vinda do lado de fora, a governanta apresenta o visitante ao médico e a dona Amélia.

— Ao que parece, ele já contava com a permissão de Vossa Alteza. Quando voltei ao portão, ainda estava lá — diz ela. Dona Amélia e o médico esperam a governanta se afastar para então iniciar as recomendações.

— Ele preferiu recebê-lo a sós. Caso necessário, estaremos na saleta ao lado — diz Dona Amélia, dedicando ao visitante modos de cortesia.

— Se ele tossir continuadamente, peço por gentileza que interrompa a conversa e me procure — diz o médico, abrindo a porta devagar e gesticulando para que o visitante entre no quarto.

Enquanto caminha pelo quarto, Zinga ajeita o paletó do terno e a gravata. Quando já ao lado da cama, sente partes do corpo formigar. Abatido e afundado na pilha de três travesseiros, o rosto que avista é em tudo diferente daquele com que esteve frente a frente por algumas vezes. Ainda que envelhecido, é um rosto jovem. Assim que sua presença é notada, Zinga é atingido por uma voz fraca, mas impulsionada por algum entusiasmo.

— Pois então tu também esteves em São Sebastião?

— Tempo suficiente para adquirir algumas sequelas — responde Zinga ao mesmo tempo que olha para o sapato que calça a prótese de seu pé direito.

— Sei como é isso — um sorriso mais amplo quase escapa. — As coisas também não foram fáceis para mim, um príncipe regente que chegou a imperador, mas depois abdicou de seu trono e precisou partir às pressas. Pelo visto, nós dois saímos de lá fugidos.

— Guardadas as devidas proporções de cada uma de nossas posições, o que vivemos até aqui tem algo de inacreditável. A favor de Vossa Alteza ao menos haverá o socorro dos livros de História.

— Para o bem e para o mal. Mas não deves reclamar, creio mais na perenidade das pinturas. Aliás, quanto à questão da diferença entre nossas posições, não vês que a vida é brincalhona com isso. Hoje, estou deitado e preso nesta cama. E tu, acima de mim, estás de pé e livre.

— A propósito, para evitar que Vossa Alteza vos canseis, vou logo ao assunto que me trouxe aqui — diz Zinga acanhado.

— Anseio por saber, mas não se preocupe com meu cansaço, estou às portas do descanso eterno.

— Bem — murmura Zinga, reagindo ao gracejo mórbido com um sorriso ainda mais acanhado. — Quando no porão do tumbeiro, ocorreu-me uma ideia que agora pode ser que soe muito ingênua. Queria tentar conhecer quem comandava as terras para onde me mandaram. Se acaso conseguisse, proporia discutir questões sobre como é que uma pessoa poderia ser feita prisioneira de outra pessoa.

— Suponho que tenhas tentado.

— Estive perto por algumas vezes. Houve circunstâncias em que me aproximei de Vossa Alteza. No beija-mão, chegamos mesmo a nos encarar. Mas a minha condição era por demais impeditiva, e aí sempre me dava com uma barreira que eu não podia vencer.

— Admito que como governante muitos rostos me olhavam sem que eu os olhasse de volta. Fico aqui pensando que devo ter olhado para ti e mesmo assim não me lembro, não me lembro de muitos outros para quem olhei. É tarde, mas me sinto na obrigação de pedir desculpas.

— As desculpas de Vossa Alteza são sinceras, eu sei, ainda mais porque descobri a simpatia que tendes pela nossa causa de liberdade.

— Minha simpatia não importou qualquer mudança.

— Somos quase sempre atrelados ao tempo em que vivemos.

— É um consolo. Mas, mesmo depois de tudo o que se passou, diga por qual razão tu ainda te ocupaste de mim? Para teres me encontrado aqui, certamente se deu a um grande trabalho de apuração.

— Vossa Alteza tendes razão, não estamos mais em São Sebastião, não existe mais minha condição de prisioneiro, não existe vosso reinado, só que ainda resta o homem que Vossa Alteza sois, o homem que eu sou, e em homenagem a tudo o que passei, creio que ainda reste também a missão que me obriguei a cumprir.

— Pois então prossiga. Diga exatamente o que dirias se naquela época pudesses ter acesso a mim.

— Antes de sermos invadidos, subjugados, aprisionados, separados e comercializados, eu e meu povo formávamos uma tribo que mantinha como sagrado o princípio da existência igualitária, jamais alguém se imaginava em condições superiores ao outro. E como forma de simbolizar esse princípio, a cada membro da tribo era entregue um anel na cerimônia que marcava o início da vida adulta, todos os anéis eram de tamanhos idênticos e feitos do mesmo material, não havia diferença do anel pertencente aos líderes da tribo para os dos anciãos ou para os dos que exerciam funções mais modestas, sendo a nós sempre suficiente um mero olhar dirigido ao anel para nos entendermos como iguais. Dessa forma, Vossa Alteza, para mim nunca foi admissível a negação da propriedade mais legitimamente autêntica que existe, a propriedade de si mesmo, e minha intenção, oferecendo como exemplo a tradição do meu povo, era alertar o mais alto governante das terras de São Sebastião, e de modo reflexo seus súditos, sobre a urgência de se abolir o método de aprisionamento, porque quanto mais se adia uma aberração desse tipo, mais para a frente, muito para a frente, se empurra as consequências da miséria humana. Como disse, isso era ingenuidade minha.

A mão de quem regeu reinados sob o título de príncipe e imperador se ergue espalmada com a palma para cima. Zinga retira do dedo o anel de marfim reluzente e o pousa na mão trêmula.

— Tu não és ingênuo. Nós é que sempre fomos estupidamente atrasados — sentencia o paciente real, olhando fixamente para o anel.

Os ombros de Zinga caem relaxados, ele suspira por ter se desfeito de um encargo e, neste instante de serenidade, mira os olhos no quadro acima da cama, uma pintura que retrata dom Quixote.

— Faria melhor? — pergunta o acamado ao perceber o olhar fixo de Zinga no quadro.

— Não é meu estilo — responde Zinga.

Os dois se encaram durante um silêncio breve. Depois, o ex-prisioneiro e o ex-monarca sorriem sorrisos que não são senão a linguagem só possível a iguais.

SÃO PAULO,

DE 2012 ATÉ OS DIAS ATUAIS

Em 1831, o acirramento de questões políticas fez o primeiro imperador do país abdicar do trono e partir para a Europa. Morreu no Palácio de Queluz, Portugal, em setembro de 1834.

Por ocasião das comemorações dos 150 anos de independência do país, seus restos mortais, trasladados para São Paulo, foram depositados no mausoléu do Monumento à Independência, no bairro do Ipiranga. Por lá, juntamente com os restos mortais de sua primeira esposa, dona Leopoldina, e de sua segunda esposa, dona Amélia, permaneceram trancafiados no subsolo do monumento até 2012, quando então foram exumados em decorrência da pesquisa acadêmica que pretendeu aprofundar os estudos do período imperial do país. A partir daí, devolvidos ao monumento, os restos mortais do imperador e de suas esposas passaram a ser visitados pelo público numa cripta de aspecto sóbrio. Em alguns dias, especialmente no Sete de Setembro, formam-se filas para fotografar os túmulos.

Durante as pesquisas, foram encontrados muitos objetos enterrados com o imperador. Entre eles, medalhas, insígnias, comendas e, rodeando com folga o dedo anelar do esqueleto, um anel de marfim reluzente.

OUTROS TÍTULOS DA COLEÇÃO

(Quase) borboleta — Helder Caldeira
Águas turvas — Helder Caldeira
A cidade das sombras dançantes — Pedro Veludo
Viva Ludovico — Flávio Sanso

composição: Verba Editorial
tipologia: Sabon
novembro de 2022